숲의 정신

국립중앙도서관 출판시도서목록(CIP)

숲의 정신 : 이동순 시선집 / 지은이: 이동순. – 부산 : 산지니,
2010  p. ;   cm – (산지니 시선 ; 01)
ISBN  978-89-92235-96-9 03810 : ₩10000

한국 현대시[韓國 現代詩]
811.62-KDC5
895.714-DDC21                                    CIP2010002119

# 숲의 정신

이동순 시선집

산지니

# 차례

## 제1부 발견의 기쁨
### (2005~2009년)

노을  010

저녁의 평화  011

들판  012

저 들판은 누가 차지하는가  013

망아지  014

발견의 기쁨  015

고슴도치  016

동승童僧  017

낙타  018

황사  019

누란  020

노새  021

누란을 마시다  022

서역  023

풍장  025

쌀국수  026

미스 사이공  027

고엽제 1  028

라이따이한 1  029

## 제2부 아름다운 순간

(2001~2002년)

별의 생애   032

외로운 나무   033

숲의 정신   034

반딧불이   035

아름다운 순간   036

쥐구멍   037

굴다리 벽화   038

늙은 나무를 보다   039

아름다운 광경   040

圖們에서   041

루쉰 묘에서   042

울릉도   043

기차는 달린다   044

북간도 명동촌에서   046

개나리 처녀   048

## 제3부 봄의 설법

(1995~1999년)

양말   050

고로쇠   051

가시연꽃   052

얼음   054

발자국   055

내가 몰랐던 일   056

애장터를 지나며   058

아버님의 일기장   059

쓸쓸한 얼굴   060

별   062

풍경소리   063

봄의 설법   064

나무에 대하여   065

어머니 품   067

연분홍 편지   068

다랑쉬굴   070

이 강산 낙화유수   072

고죽리의 밤   074

허경행 씨의 이빨 내력   075

그대가 별이라면   076

별 하나   077

서리 친 아침   078

홍시   079

가을 저녁   080

새   081

꿈에 오신 그대   082

## 제4부 쇠기러기의 깃털

(1986~1992년)

갈 수 없는 길   084

외가집   085

그 바보들은 더욱 바보가 되어간다  087

생각만 해도 신나는 꿈–남과 북의 어린이들에게  089

쇠기러기의 깃털  090

저 청산이 날더러  091

녹두도  092

눈 오는 저녁  093

철조망 인간  095

가시관  097

봄비  099

따비–農具노래 1  100

오줌장군–農具노래 3  102

도리깨–農具노래 6  104

돌확–農具노래 7  106

똥바가지–農具노래 15  108

낫–農具노래 18  110

호미–農具노래 26  112

## 제5부 개밥풀

(1980~1983년)

두엄더미  116

無名草  118

베틀노래  119

두꺼비집  121

숯–드니 랑글로와 혹은 田彩麟 님께  123

필라멘트  125

염통을 보며–어느 行旅者의 죽음을 생각한다  127

고향에 고향에 돌아와도 1  129

그리운 장승노래  130

아우라지 술집  132

물의 노래 1– '새도 옮겨 앉는 곳마다 깃털이 빠지는데'  134

序詩  136

내 눈을 당신에게–어느 失鄕民의 유서  137

개밥풀  139

올챙이  141

瑞興金氏 內簡–아들에게  143

相思花  145

쑥의 美學  146

그가 뿌리고 간 씨앗은 자라  147

待春賦  149

장날  150

魔王의 잠 1  152


해설_ 생태적 상상력과 겸허의 미덕–황선열  153

시인의 말  179

작품 출전  180

엮은이 소개  182

제1부 **발견의 기쁨**

(2005~2009년)

# 노을

저녁 해는
무엇이 저리도 미진해서
산 너머로 곧장 넘어가지 못하고
이 짧은 시간
온 하늘을 황금 햇실로 물들이고 있는가

이 비장한 때
구름도 맑은 호수도
바람에 쓸리는 언덕의 물풀도
물위에 앉아서 가만히 고개 숙인 새들도
온통 황금빛 기도를 바치고 있다

그 순간
물결이 나직하게 속삭인다
모든 것은 저렇게
마지막에 이르러 비로소
그동안 참아 온 제 가슴 열어 보이는 게야

# 저녁의 평화

녀석은
풀을 뜯다가
곁눈질로 나를 본다
나는 풀밭에 잠시 자전거를 눕혀 놓고
쪼그리고 앉아서
녀석을 본다
우리는 이 시간
대초원의 한 곳에 같이 있다
나에겐 다만 그것이 중요할 뿐이다
녀석은 숱 많은 꼬리를 좌우로 흔들어
바람을 휘젓는다
조용한 저녁 시간에
녀석이 풀 씹는 소리가 사각사각 들린다
짙은 갈색 말 등으로
어둠이 내린다
멀리 작은 게르들도
저녁의 평화 속으로 잠겨든다

# 들판

들판을 달리는 기차가
왜 한 번씩 높은 소리로 기적을
울리는지 아는가
늘 졸음에 겨운 듯
가물가물한 들판의 니른한 정신을
일깨우려는 고함인 게지

들판을 지나는 구름이
한 번씩 우레와 먹구름 끝에
굵은 소나기 퍼붓는 그 까닭을 아는가
늘 죽은 듯이 고요에 잠겨 있는
저 들판의 혼을 번쩍 나게 하려는
채찍인 것이지

# 저 들판은 누가 차지하는가

들판은
온통 소들의 차지다
말들의 차지다
아니 양떼들의 차지다
그 소와 말과 양들을 돌보는
얼굴이 까아만 소년들의 차지다
죽은 가축의 살점을 기다리는
독수리들의 차지다
아니 벌레와 야생초들의 차지다
아니 풀과 풀 사이에 끝도 없이 널려 있는
소똥과 말똥의 차지다
그 소똥과 말똥을 부수고 있는
연둣빛 날개가 아름다운 갑각류들의 차지다
아니다 아니다
자꾸 생각하고 또 생각해도
들판은 그 누구의 차지도 아니다

# 망아지

포장도로에서
흙길로 접어들어 한참을
올라가면 보이는 초라한 천막집이 있었다

말떼를 몰고
주인은 멀리 풀 뜯기러 갔는지
여러 번 불러도 대답 소리 들리지 않고
대신 나타난 녀석이 있었다

어미를 잃었는지
슬픈 눈의 망아지 한 마리
자꾸만 내게 몸 기대고
몸 비비며 떨어질 줄 몰랐다

나는 어릴 적 내 모습을
보는 듯했다
가슴이 온통 미어졌다

# 발견의 기쁨

누더기처럼
함석과 판자를 다닥다닥 기운
낡은 창고 벽으로 그 씨앗은 날려 왔을 것이다
거기서 더 이상 떠나가지 못하고
창고 벽에 부딪쳐
그 억새와 바랭이와
엉겅퀴는 대충 그곳에 마음 정하고 싹을 틔웠을 것이다
사람도 정처 없이
이렇게 이룬 터전 많았으리라
다른 곳은 풀이 없는데
창고 틈새에만 유난히 더부룩 돋았다
말이란 놈들이 그늘 찾아
창고 옆으로 왔다가 그 풀을 보고
맛있게 뜯어먹고 갔다
새 풀을 발견한 기쁨 참지 못하고
연신 발굽을 차며
히히힝 소리 질러댔다

# 고슴도치

고슴도치 한 마리
슬금슬금 풀밭을 기고 있다
땅굴 속에서 또 한 마리 나온다
녀석들은 분명 바깥세상이 그리웠던 게다
짓궂은 사내가
막대기로 등을 쿡쿡 찔러댄다
고슴도치는 가시를 세우고 몸을 또르르 감고
그 자리에서 죽은 척한다
하지만 웅크린 몸 밑으로 보이는 눈이
까만 머루알 같다
잠시 후 사내가 방심하는 틈에
고슴도치는 짧은 다리로 또르르 기어가서
땅굴 속으로 숨었다
나는 그제야 안도의 한숨을 쉬었다
고슴도치야
제발 꼭꼭 숨어라
네 머리카락이 보이지 않도록

# 동승 童僧

법당 앞
자갈이 깔린 마당에는
너풀거리는 붉은 가사를 입은
어린 라마승들이
서로 간지럼 먹이며 캬득캬득 웃는
귀여운 모습이 있었다
어두컴컴한 법당에서 몸 흔들며 경을 읽다
잠시 쉬러 나왔나 보다

집 생각
부모 형제 생각에 겨울 때면
이렇게 장난이라도 쳐야
힘든 시간 이겨 갈 수 있을 것이었다
법당 앞마당에는
어린 라마승들의 해맑은 웃음이
양귀비꽃으로 옹졸봉졸
피어나 있었다

# 낙타

낙타는 등짐 지고
이 늦은 저녁 사막을 터벅터벅 걸어서
어디로 가나 어디로 가나

가다가 이따금 고개 들고
아득한 지평선 바라보는 모습은 너에게 달려올
먼 데 소식 기다리던 옛 버릇인가

사막의 이슬 맺힌 풀 사각사각 씹으며
너의 눈은 언제나 슬픔에 젖어 있다
어머니 끓여주시던 갱죽 사발에 떨어지던 내 눈물처럼

낙타야 어린 낙타야
머뭇거리지 말고 어서 엄마를 따라가렴
네 가려는 곳으로 새벽까지는 서둘러 가야 한단다

# 황사

그들은 거리를 덮었다

차츰 해와 집들 보이지 않고

수건을 입에 두른 행인의 모습도 지워졌다

어쩌다 나타나는 자동차는

한낮인데도 등불을 켠 채 살금살금 떠나간다

하늘과 땅이

온통 누런 빛깔인데

짙은 안개처럼 나리는 모래먼지 속에

돌로 만들어 세운 돈황 여인이 눈을 감고 묵묵히 서 있다

등에 멘 악기도 덧없이 잠겨든다

이러기를 몇 해이던가

시장에서 잉어 비늘 벗기던 젊은 여인도

오늘은 모래폭풍 속에 잠잠하겠다

세상이여

너는 큰물 지나간 뒤의 들판 같구나

자욱한 황사바람 속에 해가 뜨고 해가 지는

머나먼 서역 땅 실크로드

# 누란*

아득한 사막의 모래 밑에

그는 누워 있다

입 꼭 다물고 가만히 누운 채로 천년 세월

그는 지금 무슨 생각에 잠겼는가

그토록 눈물겹고 살뜰하였던

젊은 연인들의 사랑은

북어 토막처럼 마른 그림자만 지상에 남기고

아득한 황사바람 속으로 사라졌다

강풍을 헤치며

한 사내가 힘겹게 걸어가다가 힐끗 돌아다본다

사막의 퀭한 얼굴은 저런 표정이었으리

옷자락을 뒤로 펄럭이며

그는 쓸쓸히 굽은 등만 보이고

사라져갔다


* 누란(樓蘭): 서역의 멸망한 옛 왕국의 이름. 여기서는 현재 중국 신
  강성 투르판 지역에서 생산되는 포도주의 이름을 말한다.

# 노새

어떤 놈은
눈 감은 성자처럼 졸고 있고
어떤 놈은 여물을 못 먹도록 주인이
머리에 주머니를 씌웠다
갑갑해진 노새는 연신 머리를 좌우로 흔들어
주머니를 벗겨내려고 한다
보는 나도 답답하다
어떤 놈은 앞 수레바퀴에 고삐를 너무 바싹 매어
고개조차 들지 못한다
몹시 힘겨워진 녀석은 앞발로 땅만 찬다
노새들 중 한 놈은
유난히 크고 맑은 눈을 끔뻑거린다
나는 가까이 다가가
녀석의 머리를 쓰다듬는다
하얀 구름이 지나가는 노새의 눈망울 위로
슬프고 서러운 물기가 고였다
나도 눈물이 핑 돈다

# 누란을 마시다

누란! 하고 부르자

그는 호젓한 자태로 다가왔다

붉고 요염한 몸매

말없이 서서 눈을 감고 있는 자태

혀끝으로 슬쩍 건드리면

그의 몸에선 서역의 짙은 모래 냄새가 난다

한낮의 더위가 밤에도 여전한

투르판 빈관

포도 덩굴 아래서

나는 누란과 단둘이 만났다

사막의 눈부신 햇살

덧없이 모래 속으로 사라져간 앙상한 세월들

그는 알고 있으리

지금 미라가 된 사람들의 가슴속

슬픔과 서러움을

첫사랑의 애달픈 기억을

# 서역

서역이란 말에는
향긋한 무화과의 냄새가 난다
잘 익은 하미과의 단내도 물씬 풍기고
백양나무 가로수 길을 달려가는 노새의 방울 소리도 들
린다
그 노새가 끄는 수레에 올라탄
일가족의 도란거리는 이야기도 들린다

서역이란 말에는
아득한 모래벌판을 성큼성큼 걸어오는
황사바람의 냄새가 난다
그 사이로 악기 반주에 맞추어 휘도는 호선무*와
구릿빛 얼굴로 바라보던 위구르 사내의
동그란 모자가 보인다

서역이란 말에는
땅 속에서 파내었다는 비단 조각, 거기서 보았던
천 년 전 물결무늬가 먼저 떠오르고

그 비슷한 천으로 만든 옷을 입고 상추처럼 웃던
쿠차의 한 처녀가 생각난다
잠시 스쳐간 그녀 내 전생의 사랑이었으리


\* 호선무(胡旋舞): 둥글고 커다란 공 위에 무녀가 올라서서 종횡으로
굴리면서 빙빙 도는 곡예에 가까운 춤. 원래는 중앙아시아 각국에
서 유행하던 이란식 춤이다.

# 풍장

눈 펄펄 오는
아득한 벌판으로
부모 시신을 말에 묶어서
채찍으로 말 궁둥이 힘껏 때리면
그 말 종일토록 달리다가
저절로 말 등의 주검이 굴러 떨어지는 곳
그곳이 바로 무덤이라네
남루한 육신은
주린 독수리들 날아와 거두어가네
지친 말이
들판 헤매다 돌아오면
부모님 살아온 듯
말 목을 껴안고 뺨 비비며
뜨거운 눈물
그제야 펑펑 쏟는다네
눈 펄펄 오는 아득한 벌판을
물끄러미 내다보는
자식들 있네

# 쌀국수

거리를 걷다가
배가 고파 길가 식당에 앉았다
'퍼' 라는 이름의 쌀국수
사발에 담겨온 국숫발 젓가락으로 집어 들고
나는 유심히 눈으로 살펴보다가
일부러 씹어서 그 감촉 느껴보기도 했다
삶은 고기 국물에
싱싱한 녹두나물 듬뿍 얹어서
아삭아삭 먹는 그 맛은 얼마나 상쾌한가
힘없는 면발에선
수십 년 동안 식민지 종살이로 살아온
베트남 사람들의 눈물과
한숨이 느껴진다
국수를 다 건져 먹고
남은 국물 단숨에 들이킬 때는
그 불행과 줄기차게 싸워
끝내 하늘의 밝은 해 되찾은
감격도 느껴진다

# 미스 사이공

저는 죄가 많아요
왜 그리도 쉽게 정을 주었던지
거듭 말씀드리지만
그분은 저를 사랑했습니다
이름조차 모르고
한국의 사는 곳도 알지 못합니다
김씨라는 성만 기억합니다
그때 태어난 그분 아들은 이제 청년입니다
서러운 라이따이한으로
손가락질 받으며 살아온 지난 수십 년
홍건한 눈물의 세월이었지만
언제나 저를
미스 사이공이라고 불러주던
그분을 기다립니다
언제까지나 돌아오기만 기다립니다
저 멀리 있는 세상
삶이 더 이상 가혹하지 않은 곳
거기서도 저는
그분을 기다릴 것입니다

# 고엽제 1

대체 어쩌자고
그토록 독한 다이옥신을
공중에서 마구 뿌려댄 것일까
그때 뿌린 오렌지빛 가루는 정글을 말리우고
논과 밭을 말리우고
인간의 몸과 마음까지 깡그리 말리웠다
이제 누구도
다이옥신으로부터 자유롭지 않다
한 번 살포된 다이옥신은
영원히 죽지 않고
독의 씨앗을 자자손손 퍼뜨려 간다
새로 태어나는 아기들도
다이옥신의 후유증 그대로 안고 태어난다
그들은 불구이다
왜 불구로 태어나야 하는지도 모르고
고통의 굴레를 물려받았다
말하라
누가 책임질 것인가
누가 이 피눈물 해결할 것인가

# 라이따이한 1

제 나이 네 살 때
아버지는 한국으로 가셨지요
잠시 가서 정리하고 올 게 있다는 말이
마지막 남긴 말씀
어머니는
적어준 주소로 편지 보내고
전화도 수없이 걸었지만 그런 사람 없다 했어요
학교 친구들은
라이따이한이라며 침 뱉었어요
그 누구도 저랑
함께 놀기 싫어했어요
어머니가 남의 집 일하러 가실 때
저는 죽어버릴 생각 했어요
살아있어도
사는 것 아니었어요
옛 기억 속에 어렴풋이 남아있는
아버지가 생각나지만
우리 두 식구 속이고 비겁하게 떠나간
그분 다시 찾지 않으렵니다

제2부 **아름다운 순간**

(2001~2002년)

# 별의 생애

바람 속에 태어난

저 어린 별은

제 어미가 누구인지도 모르고

오늘도 캄캄한 우주 벌판에서 외롭게 반짝인다

어린 별이 땅 위의

가난한 나라 아이들과 밤새도록

서로 눈 맞추고 용기와 희망에 대해 이야기할 때

자신의 한 생을 살아온

늙은 별은

흐뭇한 얼굴로 그 광경 지켜보다

우주의 한쪽 구석에서

혼자 조용한 임종 맞이한다

자욱한 눈보라 속으로 터벅터벅 걸어가서

영영 되돌아오지 않는

저 북극 에스키모 노인처럼

# 외로운 나무

나무는 쓸쓸하였다

하루 온종일 그 자리에 서 있기만 하였다

누가 말이라도 걸어주었으면 싶었다

바람이 어깨를 슬쩍 부딪치며 언덕 너머로 불어갔다

그 조용한 오후

나무는 한쪽 팔을 옆 나무 쪽으로 슬그머니 내뻗어보았다

가만히 보니 그도 외로운 얼굴이었다

내가 다가가는 만큼 그도 나에게 조금씩 다가오고 있었다

그로부터 몇 달이 지났을까

서편 하늘이 활활 타오르는 어느 저녁

두 나무의 몸은 비로소 가까이서 만나게 되었다

한 나무가 다른 나무의 어깨 위에 가만히 머리를 기대었다

또 한 나무는 다른 나무의 볼을 손바닥으로 부드럽게 쓸
어주었다

그들 사이로 바람이 무슨 말을 속삭이며 불어갔다

알아들었다는 듯 두 나무는 고개를 끄덕였다

나무는 더 이상 외롭지 않았다

# 숲의 정신

봄이 되자 플라타너스는
단단한 자신의 가슴을 열어서
많고 많은 씨앗의 군단을 바람에 날려 보낸다

솜털 보송보송한 씨앗들은
산 넘고 개울 건너 우리가 상상도 못한 먼 곳까지
큰 뜻을 품고 날아가 뿌리를 박는다

가만히 생각해 보면
세상의 숲이란 숲은 모두 이렇게 해서 생겨난 것

이 수풀 속에서 오늘도 어린 싹은 자라고
숲을 거니는 사람들은 큰 나무 밑동 두 팔로 안아보며
감개무량한 얼굴로 세월을 더듬는다

# 반딧불이

캄캄한 숲이었다
그 무성하던 초록도 어둠에 묻히고
숲의 얼굴은 일시에 털 숭숭 돋은 검은 짐승으로 바뀌었다
난 숲에 살아 있는 태고의 숨결이 두려워
한 걸음도 앞으로 나아갈 수 없었다
바람이 한차례 불어가고
누운 채로 숲이 한바탕 몸을 뒤척였다
바로 그때였을 것이다
밤하늘의 모든 별들 숲으로 내려와
일제히 눈빛을 반짝이기 시작한 시간은
나는 너무도 감격에 겨워
황홀한 별들의 눈을 오래오래 바라보고 있었다

# 아름다운 순간

내가 창가에 다가서면
나무는 초록의 무성한 팔을 들어
짙은 그늘 드리워준다

내가 우거진 그늘 답답해하면
나무는 가지 틈새 열어
찬란한 금빛 햇살 눈이 부시도록 보여준다

나무는 잠시도 가만있질 않고
바람과 일렁일렁 무슨 말 주고받는데 이럴 때
잎들은 자기도 좀 보아달라고
아기처럼 보채며 손짓하고
다람쥐는 가지 사이 통통 뛰고

방금 식사 마친 깃털이 붉은 새들은
나무 등걸에 부리 정하게 닦고
세상에서 처음 듣는
어여쁜 소리를 내고 있다

# 쥐구멍

풀밭에 서리가 내렸습니다
발에 밟히는 어린 풀들이 서걱서걱
얼음 소리를 냅니다
아, 풀들 사이에 쥐구멍이 하나 있군요
그런데 쥐구멍 둘레에는
서리가 모두 녹아 있습니다
구멍 속에는 쥐가 여러 마리 있나 봐요
쥐들이 밤새도록 내쉰 입김이
따뜻한 기운이 되어
구멍 가의 찬 서리를 모두 녹였군요
그 때문에 쥐구멍이 드러나고 말았습니다
나는 풀밭에 쪼그리고 앉아서
바깥일도 전혀 모르고
서로 몸 기대고 잠들어 있을
쥐구멍 속을 들여다봅니다

# 굴다리 벽화

철로 밑 황량한 굴다리에
누가 그려놓았나 울긋불긋한 채색의 벽화를
두 손은 사슬에 묶이고
내려치는 채찍에 온몸은 멍들어
고개 숙이고 묵묵히 끌려가는 흑인 노예들
저 하늘에서 그들을 내려다보는
슬픈 눈의 아기 예수도
성모님도 흑인
지금은 거친 바람에 칠 벗겨지고
누군가 흰 페인트로 몰래 지운 곳도 있지만
나는 알겠구나
이 굴다리에 와서 물감 통 들고
처음으로 벽화 그리던 사람의 심정을
비오는 날 여기 지나다가
현대판 동굴 벽화를 가만히 보고 있노라면
어디선가 가느다란
울음소리 들린다

# 늙은 나무를 보다

두 팔로 안을 만큼 큰 나무도
털끝만 한 싹에서 자랐다는 노자 64장
守微*편의 구절을 읽다가
나는 문득 머리끝이 쭈뼛해졌다
―감동은 대개
이렇게 오는 것이다
그래서 숲으로 들어가
평소 아침 산책길에 자주 만나던
늙은 느릅나무 영감님 앞으로 다가갔다
느릅은 푸른 머리채를 풀어서
바람에 빗질하고 있었다
고목의 어릴 적 일들을 물어보아도
묵묵부답
다람쥐가 혼자 열매를 까먹다가
제풀에 화들짝 놀라 달아난 그 자리에는
실낱처럼 파리한 싹이 하나
가느다란 목을 땅 위로 쏘옥
내밀고 있는 참이었다

* 수미: 노자가 쓴 『도덕경』의 한 부분.

# 아름다운 광경

미국의
하버드대학 도서관
어두컴컴한 동아시아 코너를 뒤지다가
나는 보았다
남한 시인의 시집과
북한 작가의 소설책이
서로 어깨를 다정하게 붙이고
살 그리움으로 나란히 기대어 있는 것을
나는 걸음을 멈추고
그 아름답고 장엄한 광경을
오래오래 바라보았다

# 圖們에서

중국 땅 도문에서
북조선 땅을 바라다본다
저기 건너다보이는 곳은 함경도
남양 땅이라 한다
탁한 물빛으로 흐르는 두만강
그 강변으로는
인민군 병사가 총을 삐뚜름하게 메고
개를 데리고 순찰을 나간다
버드나무 아래선 장기판이 벌어져 있고
러닝셔츠만 입은 한 사내가
아기를 품에 안은 채
장기판을 내려다보고 있다
일터에서 돌아온 주부가 창문을 열고
방안을 쓸고 있는 모습도 보인다
그래, 사람 사는 곳은
어디나 같지
석탄을 가득 실은 기차가
검은 연기를 물컹물컹 내뿜으며
국경 철교를 막 넘어선다

# 루쉰 묘에서

조국이
힘들고 어려운 날에
루쉰*이여!
나는 그대를 생각합니다
그대의 고단했던 한 생애를
생각합니다
붓으로 시대의 등짐을 지고
가파른 언덕길을 허위단심 올라갔던
그대의 숨가쁜
한 평생을 생각합니다
오늘 이역의 하늘 아래 궂은비는 내리는데
누가 두고 갔는지
새빨간 장미꽃 한 송이가
비에 촉촉이 젖습니다
나는 그대의 차디찬 빗돌 위에
가만히 손을 얹어봅니다

* 루쉰(魯迅): 근대 중국의 대표적 작가. 그의 걸작 「아큐정전(阿Q正
  傳)」은 중국 근대의 전형성을 반영한 작품으로 널리 알려져 있다.

# 울릉도

오징어 덕장에
말리는 오징어는 한 마리도 없고
먼지바람만 몰려다닌다

바닷가 모래톱에도
모래는 없고
물결에 쓸리는 자갈소리만 요란하다

이 여름 가뭄이
언제나 끝날 것인가
골짜기의 실 같은 물줄기라도 끌어와서
당귀밭에 물대는 소리

이 황폐한 오징어 덕장에
이윽고 밤이 온다 나는 그대로 앉아
막막한 바다를 바라본다

# 기차는 달린다

우리는
기차를 탄 채로
한 세기에서 다른 세기로
건너갔다
서울을 떠난 기차가
수원에서 천안 구간 어디를 지날 때였다
세기가 바뀌었지만
무엇 하나 달라진 것이 없었다
조금 전까지 내리지 않던
싸락눈이 새로 내리기 시작했다는 것뿐
유리창에 부딪친 눈송이는
잠시 어리둥절하여 멈칫거린다
세기가 바뀌었는데도
사람들은 대개
세상모르고 깊이 잠들어 있거나
더러는 깨어서
새로운 세기의 첫 술잔을 부딪친다
이 천연덕스러운 세기 초의 어둠 속으로

기차는 달린다

우리는 눈을 감고

덜컹거리는 세월의 불안한 소리를

속으로 가만히 헤아린다

# 북간도 명동촌에서

용정을 떠나 삼십 리 길
소달구지 삐걱대는 방울 소리를 지나
빛바랜 임질특효약 광고가
비에 젖은 채로 붙어있는 주덕해의 집터를 지나
신작로를 가로지르는
누런 오리떼를 잠시 기다릴 때
누군가가 왼쪽 편 산밑
작은 마을을 가리키며 말하기를
저기가 바로
시인 윤동주의 고향
북간도 명동촌이라 하였다
파아란 하늘과 우물터
나지막하게 엎드린 초가집들
마른 풀잎을 스쳐 가는 바람결에서도
한 점 부끄럼 없이 살아가려던
그 고독하고 어두웠던 식민지 시절
시인의 고결한 괴로움이 보이는 듯하였다
ㅡ헌 짚신짝 끄을고 나 여기 왜 왔노

―두만강을 건너서 쓸쓸한 이 땅에<sup>*</sup>
담배밭 속에 있었다던
동주의 생가는 무너지고
지금 흔적조차 찾을 길 없는데
초가을 풀버레 소리만이
동주의 유년 시절을 추억하는 듯
애처롭게 애처롭게 들려올 뿐이었다


* 이 부분은 윤동주의 시 「고향」에서 따옴. 주덕해(朱德海)는 조선
   족 출신으로 교민의 지위 향상과 자치주 건설을 위해 큰 공로를
   세운 인물.

# 개나리 처녀

북경의 늦은 저녁
붐비는 한 모퉁이를 돌아서
나는 북조선 사람이 와서 직접 한다는
개성식당이라는 곳을 찾아갔다
이른 봄 개나리 같은 샛노란 한복을 입은 처녀가
입구에 서서 방긋 웃어 주었다
내 가슴은 대뜸 감전된 듯 쩌르르하였다
여기저기서 들려오는 억센 북녘 말씨를 들으며
우선 술을 시키고
안주도 몇 접시 주문하였다
무우채 바람떡
고추잎무침 콩나물무침이
그렇게 정겨웁게 느껴질 수가 없었다
그날 저녁 줄곧 혼곤한 감회에 젖었던 나는
들어올 때 문 입구에 섰던
그 개나리 처녀를 한 번 더 보려 하였으나
이미 밤이 깊어서인지
문 앞에는 아무도 없고 바람만 불었다
왠지 허전한 생각이 자꾸 났다

제3부 **봄의 설법**

(1995~1999년)

# 양말

양말을 빨아 널어두고
이틀 만에 걷었는데 걷다가 보니
아, 글쎄
웬 풀벌레인지 세상에
겨울 내내 지낼 자기 집을 양말 위에다
지어놓았지 뭡니까
참 생각 없는 벌레입니다
하기야 벌레가 양말 따위를 알 리가 없겠지요
양말이 뭔지 알았다 하더라도
워낙 집짓기가 급해서 이것저것 돌볼 틈이 없었겠지요
다음날 아침 출근길에
양말을 신으려고 무심코 벌레집을 떼어내려다가
작은 집 속에서 깊이 잠든
벌레의 겨울잠이 다칠까 염려되어
나는 내년 봄까지
그 양말을 벽에 고이 걸어두기로 했습니다

# 고로쇠

고로쇠는 터질 듯한 제 앙가슴에 등불을 켜고 봄밤을 지 샌다

고로쇠는 빈 산이 너무 쓸쓸해서 달밤에 혼자 숨죽이고 흐느낀다

고로쇠는 싸락눈이 오는데도 천길 땅속에서 두레박을 당겨 올린다

고로쇠는 제 허리에 구멍을 낸 인간에게 보란 듯이 눈물 을 흘린다

# 가시연꽃

온몸을 물 속에 감추고
눈만 빠끔히 올려 세상을 엿보는 개구리가
그는 정말 싫었던 것이다
다른 저수지의 연꽃들처럼 화사한 분홍 연등을
한 번도 달아보지 못하고
이 쓸쓸한 곳에서
그냥 묵묵히
묵묵히 참고 지내왔는데도
거친 비바람은 사정없이 짓밟고 갔던 것이다
이 세상 모든 것이
그저 노엽고 싫게만 보이던 어느 날
슬금슬금 가려워진 등짝에서는
뾰족 가시가 하나둘
돋아나기 시작했던 것이다
그는 자신의 못난 등짝에
하얀 백로들이 서서 깃을 다듬거나 졸고 있는 것이
마냥 좋았다
그러다 가을이 되자

아득한 물 위에 가시만 남겨두고
넓은 잎은 덧없이 녹아
물 속에 가라앉고 마는 것이었다

# 얼음

봄의 공세에
산골짜기의 얼음은
일제히 산정으로 떠밀려 올라간다
산정에 밤이 오면
얼음은 달빛 속에서 수정 같은 이를 드러내고
차디차게 웃는다
우거진 산죽의 뿌리를 껴안고
몸을 떤다
올 테면 와라 봄이여
너희들이 숲을 산산이 뒤져 나를 찾을 때
내 투명한 유리 구두는
이미 어디론가로 떠나가고
없을 것이니

# 발자국

눈 쌓인 산길
그 등성이 나무숲 사이에서
나는 보았다
하얀 눈 위에 찍혀서 어디론가로 길게 이어져 있는
산짐승의 발자국들을

적막한 밤
혼자 지향 없이 헤매다니던 쓸쓸한 시간들이
고달픈 자신의 온몸으로
이 지상에 찍어놓은 무수한 도장을
그 애련의 흔적을

# 내가 몰랐던 일

내가 기운차게
산길을 걸어가는 동안
저녁밥을 기다리던
수백 개의 거미줄이 나도 모르게 부서졌고
때마침 오솔길을 횡단해가던
작은 개미와
메뚜기 투구벌레의 어린것들은
내 구둣발 밑에서 죽어갔다

내가 기운차게
산길을 걸어가는 동안
방금 지나간 두더지의 땅속 길을 무너뜨려
새끼 두더지로 하여금
방향을 잃어버리도록 만들었고
사람이 낸 길을 초록으로 다시 쓸어 덮으려는
저 잔가지들의 애타는 손짓을
일없이 꺾어서 무자비하게 부러뜨렸다

내가 기운차게
산길을 걸어가는 동안
풀잎 대궁에 매달려 아침 햇살에 반짝이던
영롱한 이슬방울의 고고함을
발로 차서 덧없이 떨어뜨리고
산길 한복판에 온몸을 낮게 엎으려
고단한 날개를 말리우던 잠자리의 사색을 깨워서
먼 공중으로 쫓아버렸다

내가 기운차게
산길을 걸어가는 동안
이처럼 나도 모르게 저지른 불상사는
얼마나 많이도 있었나
생각해보면 한 가지의 즐거움이란
반드시 남의 고통을 디디고서 얻어내는 것
이것도 모르고 나는 산 위에 올라서
마냥 철없이 좋아하기만 했었던 것이다

# 애장터를 지나며

산길에서 흔히 만나는
오래된 애장터
떼도 벗겨지고 흙이 맨살처럼 드러나
삭은 여우똥이 그 옆에 나뒹굴고
온종일 산비둘기 청승스레 울어대는 곳
어느 날 그런 무덤 옆을 가는데
누군가의 뒷모습이 보였다
웬 소년일까
나는 소름이 끼쳤다
그는 분명 혼령이었으리
오늘처럼 가을볕이 따신 날
잠시 무덤 밖에 나와
기지개도 켜고 해바라기도 하고
그러다가 인기척에 깜짝 놀라 사라졌으리
나는 그의 안식을 위해
가만히 십자 성호를 그어주었다

# 아버님의 일기장

아버님 돌아가신 후
남기신 일기장 한 권을 들고 왔다
모년 모일 '終日 本家'
'종일 본가' 가
하루 온종일 집에만 계셨다는 이야기다
이 '종일 본가' 가
전체의 팔 할이 훨씬 넘는 일기장을 뒤적이며
해 저문 저녁
침침한 눈으로 돋보기를 끼시고
그날도 어제처럼
'종일 본가' 쓰셨을
아버님의 고독한 노년을 생각한다
나는 오늘
일부러 '종일 본가' 를 해보며
일기장의 빈칸에 이런 글귀를 채워넣던
아버님의 그 말할 수 없이 적적하던 심정을
혼자 곰곰이 헤아려보는 것이다

# 쓸쓸한 얼굴

불기운이 얼굴에 후끈거려
나는 한쪽 손바닥으로 화염을 가리며
미친 듯이 춤추는 불길 속에
아버님이 입으시던 마지막 헌옷가지 하나를 던져 넣었다
불의 혀는 얼른 새로 들어온 것을 핥는다
이 헌옷가지 하나가 모두 타버리면
아버님 흔적은 이제 이 세상 어디에도 계시지 않으리
연기처럼 가볍게 포올폴 날아
그분은 우리가 알 수 없는 머나먼 곳으로 떠나가셨다
거기엔 이승에서 참으로 친했던 많은 사람들이
편안한 얼굴로 모닥불을 쬐고 있으리
아버님도 그 틈에 끼여서
늦게 그곳에 당도한 이유를 어눌한 말씨로 설명하고 계
시리
불이 아주 꺼져 식은 재만 남은 것을 확인하고
나는 방으로 들어와 창밖을 보는데
어느덧 날은 저물어 깜깜하고 세상의 어둠은 점점 깊어
지는데

떠나가신 줄로만 알았던 아버님은

한순간 유리창 속에 고스란히 되살아나

쓸쓸한 얼굴로 나를 물끄러미 보고 계신 것이었다

# 별

새벽녘
마당에 오줌 누러 나갔더니
개가 흙바닥에 엎드려 꼬리만 흔듭니다
비라도 한줄기 지나갔는지
개밥그릇엔 물이 조금 고여 있습니다
그 고인 물 위에
초롱초롱한 별 하나가 비칩니다
하늘을 보니
나처럼 새벽잠에 깬 별 하나가
빈 개밥그릇을 내려다보고 있습니다

# 풍경소리

뒤로 벌렁 드러누워
나는 처마 밑의 풍경을 본다
대숲을 쓸어온 바람은
풍경에 매달린 고기를 흔든다
고기는 부는 바람에 몸을 비틀며
참다가 참다가 드디어
종소리를 좌르르 쏟아놓고야 만다
바람은 그제야
할 일 했다는 듯
다른 곳으로 떠나가고
구리로 만든 고기의 등짝에는
아침 볕이 눈부시게 비친다

# 봄의 설법

경칩 지나서 며칠 뒤
지훈과 밀양 표충사 재약산 사자평을
한 달음박질로 뛰어내려 와서
계곡 바위에 앉아 헉헉 가쁜 숨 돌릴 즈음
올해의 첫 개구리 소리를 들었다
나는 작은 짐승처럼 귀 쫑긋 세우고
대지에 울려 퍼지는 잔잔한 봄의 설법에 귀 기울였다
그날 개구리가 무슨 설법을 했는지는
여기에 세세히 쓰지 않겠다

# 나무에 대하여

대추나무를
전지하면서 살펴보니
나무의 가지와 가지들은
결코 서로 다툼이 없다는 것이었다
한 가지가 위로
혹은 옆으로 내뻗어가다가
다른 가지와 마주칠 때
반드시 제 몸을 휘어서 감돌아 간다는 것이었다
그리고 나서 다른 나무들을 보니
나무란 나무는 모두 그러하다는 것이었다
이런 나무의 이치를 알고서 세상을 둘러보니
사람들은 다른 사람을 끌어내리고
차고 꺾고 심지어는
제 살기 위해서 남까지 죽이려고
칼을 갈고 있는 것이었다
사람들 중에서도
풀과 나무를 만지고 살거나
마음속에 풀과 나무를 가꾸고 사는 사람들은

그래도 나무의 겸양과

조화로움을 조금은 닮아 있는 것이었다

# 어머니 품

포릇포릇 움트는
저 새싹들
산기슭을 온통 불그레 칠해오는
살구꽃 복사꽃이 이 어미다
네 가슴속의 말
네 아들딸들의 해맑은 눈빛
흰구름 둥실 떠가는 저 높푸른 하늘
쉬임없이 흘러가는 강물
네가 딛고 있는 발밑의 흙덩이가
바로 이 어미다
아, 그 말씀 듣고 새겨보니
이 세상에 나를 둘러싸고 있는 모든 것이
내 어머니 아닌 것이 없어라
진작 어머니 포근한 품에 안겨서도
그걸 몰랐으니
나는 얼마나 바보 천치인가

# 연분홍 편지

누님, 올해도
복숭아꽃이 피었습니다
과수밭 복숭아나무의 잔가지들이
그해 봄하늘의 별떨기만큼 많은 꽃봉오리들을
달고 있습니다
멀찌감치서 보면 꼭 연분홍 지등을 켠 듯
누님이 시집가시던 날
고운 두 볼에 찍어 발그레하던
연지곤지가 생각납니다
그리운 누님
어릴 적 누님은 저를 업고
복숭아꽃 활짝 핀 과밭에 들어가 나뭇가지를 잡고
어깨를 들먹이며 우셨지요
일찍 떠나간 엄마가 너무도 야속해 우신 것을
올봄 그 나무 아래에 서서야
비로소 알았어요
내 그리운 누님은
어느 바람 찬 하늘 밑에서

산등성이를 온통 연분홍으로 칠해오는

저 복숭아꽃을 젖은 눈으로

보고 계시는지요

# 다랑쉬굴

무주공산
하도 처참해서
바람도 숨죽이며 불어가는 곳
저 캄캄한 동굴 속에
지난날 토벌대에게 학살당한 주검들 있나니
제주도 구좌읍 중산간지대
다랑쉬굴에는
행여 연기라도 새어나갈세라
불빛이라도 보일세라
조심조심 밥 지어먹었을 가마솥 두 개
깨어진 항아리
요강단지
녹슨 비녀
늘 끼던 안경 혁대 신발들 옆에
서로 부둥켜안고 숨져간
하얀 해골들 누웠나니
비 오고 바람 부는 수십 년 세월
하도 억장이 막혀

혼령도 저승길 못 가고

지금껏 굴 주변을 울며 헤매이나니

# 이 강산 낙화유수

일 년 내내 허리 구부리고
바람도 세찬 고죽 골짝에서 일해온
우리 마을 농민들이
모처럼 봄놀이를 간다
대절한 관광버스가 마을 앞으로 들어오며
경적 소리 우렁차게 울려대는 새벽
사람들은 모도들 말쑥하니 차려 입고
종종걸음으로 달려나온다
남루한 작업복 속에서 늘 경운기 몰던 윤칠이
까만 정장으로 한껏 멋을 낸 그의 아내
고죽 살다 미산으로 이사 간 필두
위 수술 받고 퇴원한 지 두어 달 된 서동 영감님하며
따라갈 수 없는 줄도 모르고
덩달아 뛰어나온 고능댁 복슬강아지까지
마을 앞은 잔칫날처럼 잠시 법석이다
차가 출발하자마자 오늘 유사를 맡은 필홍 씨
됫병 소주를 뚝 따서 그 병마개를
목공이 귀에 연필 꽂듯 귓등에 사뿐 꽂고

종이컵에 소주 한 잔씩 그득 부어 권하고 다니는데

남도의 어지럼증 나는 봄햇살을 가르며

관광버스는 달려가고

사람들도 차츰 흥이 달아올라

기어이 비좁은 통로에 서서 이 봄을 흔들어댄다

우루과이니 영농자금이니 하는 따위들은

적어도 이 순간만큼은 잠시 잊자

이 강산 낙화유수 흐르는 봄에

그 누군들 깊은 가슴속 묻어든 슬픔 없으리오마는

떠나간 사람을 못 잊어하는 그대 마음처럼

우리는 춤추며 속으로 울리라

소주에 취해 노래하리라

# 고죽리의 밤

이 산중에서는
아무 소리도 들리지 않는다
산골에서도 사람들은 초저녁에 대문을 닫아걸고
땅거미 속에서 저절로 보안등이 켜지면
상철 씨네 집 외양간에서 늦은 여물을 먹는
소들의 콧김 소리만 들려올 뿐
이따금 안동구 씨네 집 개 짖는 소리만 들려올 뿐
고죽 마을은 삽시에 조용하다
등불을 켜고 나는 책상 앞에 가 앉는다
어느 멀고 먼 길을 걷고 걸어서
나는 지금 여기에 와 있는가
이곳은 이승의 내가 잠시 머무는 쉼터
얼마만큼의 길을 나는 앞으로 또 걸어가게 될 것인가
이런 생각들을 하며
내가 혼자 시를 쓸 때에도
고죽 하늘은 금방 잠 깬 아기의 눈처럼
별 총총하고
깜깜한 밤이 깊어만 간다

# 허경행 씨의 이빨 내력

웃을 때 부러진 앞니가 묘하게 드러나는 허경행 씨를 나는 안다 그의 이빨 내력은 이렇다 수년 전 정월 대보름날 마을 농악대가 동네바닥을 바람처럼 휩쓸며 다닐 때 그는 상쇠잡이였다

한창 신바람 나게 꽹과리를 치던 그가 어쩌다 손에 든 채를 놓쳐버렸것다 그래서 구부려 채를 잡자니 농악의 흥이 깨어지고 꽹과리를 치자니 채는 없고 그 순간 허경행 씨는 꽹과리를 앞니에 대고 두드렸다

채로 치는 것보다 소리는 좀 못했지만 농악꾼들은 더욱 신명이 나서 흥을 돋우었다 허경행 씨는 이빨 부러진 줄도 모르고 얼굴에 꽹과리를 두들겼다 앞가슴은 온통 흘러내린 피로 붉게 물들었다

이날 농악은 상쇠잡이 덕에 완전히 살아났다 제 이빨을 부러뜨리면서까지 소임을 다한 허경행 씨는 얼마나 멋진 사람인가 나는 때때로 이빨에 대고 두들기는 상쇠잡이의 농악을 바람결에 듣는다

# 그대가 별이라면

그대가 별이라면
저는 그대 옆에 뜨는 작은 별이고 싶습니다
그대가 노을이라면
저는 그대 뒷모습을 비추어주는
저녁 하늘이 되고 싶습니다
그대가 나무라면
저는 그대의 발등에 덮인
흙이고자 합니다
오, 그대가
이른 봄 숲에서 우는 은빛 새라면
저는 그대가 앉아 쉬는
한창 물오르는 싱싱한 가지이고 싶습니다

# 별 하나

개가 짖고
추수 끝난 들판에서
밤바람은 말을 달립니다
달이 밝습니다
나는 뜨락에 서서 달빛에 젖습니다
초롱초롱한 별 하나가
나를 봅니다
나는 방으로 들어옵니다
들어와서 다시 생각하니
그 별이 그대인 것을 알았습니다
황급히 나가 하늘을 보니
이미 그 별은 사라지고
보이질 않습니다

# 서리 친 아침

아침에 일어나니
서리가 마당을 하얗게 덮었습니다
나는 잔뜩 움츠리고
아침 햇살에 온통 몸을 내맡기고 있는
새알산 금빛 언저리를 내다보다가
외투를 걸치고 개를 데리고 잎이 거의 다 떨어져가는
느티나무 사이로 걸어가 봅니다
노오란 느티나무 잎에 내린 서리가
햇살에 녹아서 차고 맑은 물방울로 뚜욱뚝
땅으로 되돌아가는 모습을 보며
내 모습은 그대 생각에 돌처럼 굳어버렸습니다

# 홍시

이토록 맑게 개인 날
그대는 온종일 아슬한 나뭇가지의 저 끝에서
주홍빛 열매로 매달려 계십니다
말씀해주서요
그대가 이 깊어가는 가을
줄곧 벽공에 매달려 계신 뜻이 무엇인지를
그리고 새가 한 마리
그대 옆 가지에 앉아 뾰족한 부리로
자꾸 콕콕 쪼아대는데도
말없이 온몸을 내맡기고 있는 뜻이 무엇인지를

# 가을 저녁

오늘은 비가 오고 바람이 불었습니다
길에 떨어진 나뭇잎들이 우수수 몰려다녔습니다
그대에게 전화를 걸어도 신호만 갑니다
이런 날 저녁에 그대는 어디서 무얼 하고 계신지요
혹시 자신을 잃고 바람 찬 길거리를 터벅터벅
지향 없이 걸어가고 계신 것은 아닌지요
이 며칠 사이 유난히 수척해진 그대가 걱정스럽습니다
스산한 가을 저녁이 아무리 쓸쓸해도
이런 스산함쯤이야 아랑곳조차 하지 않는
그대를 믿습니다 그대의 꿋꿋함을 나는 믿습니다

# 새

해도
거의 다 넘어가는
텅 빈 들판을
새 한 마리 끼룩끼룩 울며
이쪽 하늘에서
저쪽 하늘 끝으로 날아가고 있습니다
초저녁 달이
애처로운 얼굴로
그것을 보고 있습니다

# 꿈에 오신 그대

꿈에 그대가 오셨어요
늘 만날 때처럼 사랑스런 모습
그런데 그대는 왠지
입술 부르트고 초췌해 보이시는군요
꿈길이 그렇게 멀고
먼지바람 불고 험하던가요
아, 그대는 오시자마자
다시 떠나려 하십니다
이게 대체 어인 일입니까
이다지 야속히 떠나시려면
앞으론 꿈길로도 오시지 말으셔요
예나제나 그대는
저의 속을 온통 휘저어놓고 가십니다그려

# 제4부 쇠기러기의 깃털

(1986~1992년)

# 갈 수 없는 길

이번 가을이면
물에 잠기게 된다는
임하댐을 우리는 깊숙이 걸어가 보았다
옛 신작로 길은
곳곳이 고인 물구덩이로 번쩍이고
독오른 뱀이 느닷없이
우리들의 발 앞을 가로질러 갔다
강을 끼고 가물가물 이어져 끝이 없을 듯하던 길은
큰물에 떠내려간 교각만 남은 다리 앞에서
드디어 끊어져 있었다
거세게 흐르는 강줄기 앞에서
우리는 묵묵히 강 건너편 저쪽 등성이로
여전히 길게 이어진 길을 보았다
갈 수 없는 길
더는 가지 못하는 길
우리의 삶도 언젠가는 이런 길을 만나리라
그때도 우리는 지금처럼
강 건너편을 묵묵히 보고 있으리라

# 외가집

슬하에
딸 넷뿐이라
절손 끝에 집도 무너져버린
달성군 현풍면 못골
태어나서 처음 와본 외가댁 마을은
인적 끊어지고
잡초와 풀벌레 소리만이
초가을 햇살 속에 쓸쓸하였다
실낱같이 이어져 있다던
외할아버지 산소로 가는 길은 지워지고
고속도로가 보이는 멧등에 올라
나는 물끄러미 서흥 김씨의 마을을 내려다보았다
나를 낳으시고
내가 첫돌이 되기 전에 돌아가신 어머니
어머님은 그 지긋지긋한 시집 살림 다 떨치고
어린 날의 고향으로 바람결 되어 돌아가
아무도 돌보는 이 없는 친정부모
무덤 곁을 혼자서 지키며 다니셨을 것이다

강산이 네 번씩 변하도록
이승 저승으로 갈라져 살아온 이 아들을
어머님은 알아나 보실까
방금 불어간 바람결이
너 왔구나 하고 반기시는 어머님 손길이라 생각하니
나는 그제야 왈칵 눈물이 솟구친다

# 그 바보들은 더욱 바보가 되어간다

일본 티비의 선정적 프로그램이

대한민국 티비에도 잡힌다고 좋아들 한다

100W짜리 초강력 고주파 위성을 하늘에 쏘아올려

대한민국 티비에 그들 것이 잡히기를 일본이 노린다고
도 하고

또 한쪽에선

기술적으로나 국제법상으로 그걸 막을 방도는 전혀 없
다고도 한다

이미 오늘 아침 조간 틈에 끼어든 광고지는

일금 기백만 원에 접시형 고성능 수신 장치를 새로 달아서

일본 육조 다다미방에 앉아서 보는 것보다 더 선명한 액
션을 즐길 수 있다고 떠벌린다

도대체 누구냐 진정으로 이 사실을 아니 이 사태를 분개
하는 놈은 누구냐

아니 속으로 흐뭇해하는 놈은 또 누구냐

(워낙 국내 프로에 시들해진 대부분이 이에 해당하겠
지만)

자유당 때는 그들도 이승만 라인을 지지하고

오일륙 후엔 입으로만 한일협정을 반대해온 미온적인
그들이 아니냐
　진종일 바보상자를 껴안고 살아온
　멍청한 바보들은 이제 더 큰 바보가 되어간다
　방구석에 죽은 듯이 누워서
　혹은 옛 추억에 젖은 눈으로 기미가요를 따라 부르고
　사무라이 활극을 흠숭하며 일본어 자막을 소리내어 따
라 읽으며
　그 바보들은 더욱 바보가 되어간다
　정치보다도 공권력보다도 재벌보다도
　더 높이 더 무섭게 더 의뭉하게 더 무자비하게
　일본이 쏘아올린 방송위성은 현해탄 상공에서 부릅뜬
눈 이글거리며
　우리를 조용히 그들의 앞잡이로 만들어간다

# 생각만 해도 신나는 꿈
― 남과 북의 어린이들에게

애들아 내가 어느 날 문득 꿈을 꾸었는데
모든 총칼은 주물 공장으로 보내고
녹여선 쓸모있는 과도나 농기구를 만들고
철모는 공사판 안전모로 쓰게 하고
수통 탄띠 배낭은 산타는 사람에게
요긴한 것 필요한 이에게 모조리 주고
그래도 내놓지 않고 몰래 숨긴 총검들은
아주 탈취해서 즉시 부수어버리거나
고철 다발로 묶어서 용광로로 보내고
군대란 군대도 모조리
그들의 총검처럼 싸늘한 마음도 모조리
뜨거운 불화로 속으로 쓸어넣고
깨끗한 이 세상에서
마음이 맑고 향그런 사람끼리
흐뭇하게 둘러앉아 웃고 있었거든
참 이런 일이 있을 수도 없고
단지 생각만 해도 신나는 꿈이지만
그러나 너희들은 앞으로 장난감이라도
총과 칼은 절대로 갖고 놀지 말아요

# 쇠기러기의 깃털

쇠기러기 한 마리
잠시 앉았다 떠난 자리에 가보니
깃털 하나 떨어져 있다

보숭보숭한 깃털을 주워들고 나는 생각한나

내가 머물다 떠난 자리에는
이런 깃털조차 하나 없을 것이다

하기야 깃털 따위를 남겨놓은들
어느 누가 나의 깃털을 눈여겨보기나 하리

# 저 청산이 날더러

저 청산이 날더러 오지 말라 하네
그래도 말 듣지 않고
자꾸만 들어서는 나를 막네
온통 가시에 뒤덮인 기슭
망개나무 찔레덤불로 내 팔 잡아당기네
들어오지 말라고
들어오지 말라고
잎 떨군 아카샤 나무들도
굵은 가시 곤두세워 앞을 막네
그래도 나는 말 듣지 않네
덤불 헤치고 청산을 들어서니
더는 오르지 못할
천 길 바위절벽이 나를 막네
저 청산이 날더러
오지 말라 하네

# 녹둔도

지금은 갈 수 없는
머나먼 한반도의 동쪽 끝
두만강물이 바다와 만나는 곳에
작은 하나의 섬 있나니
경흥에서 서수라로 돌아가는 중간 지점
조산보 언덕에서 굽어보는
안개 속의 녹둔도
갈대숲엔 철철이 새들 날아와 알을 품고
흰옷 입은 농민들
물 건너와서 개간하던 기름진 땅 있었나니
이제 옛자취 바람결에 지워지고
길들은 까마득히 파묻혀
지난날 네 이름 기억조차 하는 이 사라져
드디어 지도마저도 얼결에 쏘련땅으로 둔갑하다니
비운의 섬 녹둔도야
너는 오늘도 옛 나라가 그리워
두 번 다시 돌아가지 못할 강 저쪽을 바라보며
진종일 궂은비에 젖어 있구나

# 눈 오는 저녁

철새떼 끼룩끼룩 날아가는
겨울 들녘
마른 잡초들 틈에 서서
해지는 산등성이를 성큼성큼
거인처럼 단숨에 딛고 넘어가는 송전탑을 보노라면
이윽고 오는 눈
금방 하얗게 쌓이는 눈
사랑하는 사람아
이런 날엔 나와서 강물을 바라보자

무수한 들판과 골짝 골짝을
쉬임없이 흘러온 날들
포연과 아우성과 피비린내 자욱한 곳을
묵묵히 묵묵히 흘러온
저 빛나는 얼굴
사랑하는 사람아
이런 날엔 나와서 강물을 생각하자

눈길에 지쳐 돌아와
어둔 방 등불을 밝혀놓고
누워서 물끄러미 새해 달력을 보노라면
─저 강물처럼 살아가리라
─묵묵히 묵묵히 살아가리라
가슴속으로 두런두런 들려오는 송전탑의 송신
창밖엔 밤새도록 쌓이는 눈

# 철조망 인간

그의 머릿속에는
철조망이 가득 들어 있다
어떻게 하면
사람과 사람 사이를
이 마을과 저 마을을
동쪽과 서쪽 남녘과 북녘을
자본가와 가난뱅이를
남성과 여성을
더욱 철저히 갈라놓을 수 있을까를
궁리한다

그의 입에서는
말 대신에 철조망이 밀려나온다
입만 벙긋하면
농촌과 도시를
중앙과 지방을
티케이와 그 밖의 것을
학벌과 족벌을

더욱 엄격히 갈라놓아 버리는
을씨년스런 철조망이
삽시에 둘러쳐진다

# 가시관

이제 때가 되어 오실 첫눈처럼
당신은 찾아오십니다
나는 그리운 당신을 위하여
한 개의 가시관을 마련하겠습니다
온 나라 방방곡곡에서 걷어낸 철조망으로
가시관을 만들어 당신께 씌워드리겠습니다
이제 그 가시관을 쓰신 당신께서는
우리가 남의 뜻으로 갈라져 살아온 수십 년 동안
홀로 돌아앉아 남몰래 흘리던 눈물과
너무도 보고 싶어 철조망 넘다 총탄에 숨져간 그의 넋을
이 나라가 있는 한 잊지 않게 될 것입니다
우리가 스스로의 미욱함으로 갈라진 수십 년 동안
동강난 땅을 다시 붙이려 애쓰다 쓰러져간
그 헤일 수 없이 초롱초롱한 뭇 별떨기들도
오래오래 기억하게 될 것입니다
지금 가시관을  쓰신 당신께서는
지난날 우리 가운데 누군가가 떨구었던 피눈물처럼
뜨거운 선혈을 방울방울 흘리고 계십니다

그토록 가슴이 쓰리고 아프던 사람들의
고통을 일일이 헤아리시는 당신의 얼굴은 일그러지십니다
아, 첫눈조차 메말라버린 이 땅에
우리 모두가 애타게 기다리는 당신은 언제 오시나요

# 봄비

거우내
햇볕 한 모금 들지 않던
뒤꼍 추녀 밑 마늘광 위으로
봄비는 나리어

얼굴에 까만 먼지 쓰고
눈감고 누워 세월 모르고 살아온
저 잔설을 일깨운다

잔설은
투덜거리며 일어나
때묻은 이불 개켜 옆구리에 끼더니
슬쩍 어디론가 사라진다

잔설이
떠나고 없는
추녀 밑 깨진 기왓장 틈으로
종일 빗물 스민다

# 따비
## —農具노래 1

입춘녘 바람결에도 괜스레 몸 서걱이는

뒤꼍 시래기 오가리 밑에

따비는 누워서

아쉬웁고 허전한 마음으로 누워서

아직 못 이룬 평생 꿈 하나에 애가 마른다

신나게 남전북답 오르내리던 젊은 날

저 너른 들판을 달려가 들쥐 두더쥐의 소굴을 파 일구고

갈기 힘든 밭고랑 귀퉁이로는

주걱꼴 말발굽꼴로 만든 따빗날

번갈아 찔러 넣으면

모난 돌무지땅 엉거시 덤불도

성큼 딛고 가는 그의 발길 멈출 수 없었다

참나무로 뭉쳐진 다부진 몸매

한때는 손때 절어 빛나던 시절도 있었으나

지금은 서슬 푸른 쇳날도 모지라진 채

묵은 흙때도 그대로

따비는 누워서

아쉬웁고 허전한 마음으로 누워서

이젠 이름만 남은 따비밭을 기운차게 일구어가는
개량식 삽날만 물끄러미 바라본다
따비, 그는 단 한번 마지막으로 우리나라 들녘을 누비며
흙 위에 튀어오른 온갖 쇠붙이
불발로 녹슬어가는 저 불길한 지뢰밭을 말끔히 걷어내고
속 씨원한 남북관통도로 하나쯤 틔워놓고
입가엔 웃음 벙글벙글 피우며 눈감고 싶다

# 오줌장군

― 農具노래 3

푸석푸석 무너져내리는
흙담 옆에서 빛바랜 풀이엉 하나 둘
삭아 흐르는 빈지 쪽 뒤꼍 찬 응달 구석에
그는 앉아 있다 단정하게
오지로 빚었건 말건 나무통으로 엮었건 말건
모두 한자리에서 좁은 주둥이를 열고
하늘조차 맑고 동그랗게 받아들이며
이따금 날아드는 길 잃은 벌레
곁에서 장작 팰 때 튀어드는 나무푸서기도 아랑곳없이
조용히 조용히 썩어간다
오, 거룩한 부식이여 아름다운 포말이여
수십 개의 나무로 만든 장군이
소달구지에 실려 밭으로 나가는 것을 본 적이 있다
희뿌연 새벽 안개 속에서
그들은 흙과 하나 되려는 당당함, 혹은
어떤 엄숙성마저 보여주고 있었다
삐걱거리는 소리가 천천히 멀어져갈 때
나는 척박한 땅속에 반쯤

몸을 묻고 있는 또 다른 장군 하나를 보았다
철모에 자루를 박아 만든 바가지를 들고
나는 오줌구유의 잘 익은 오줌을 가득 떠서
빈 장군에다 정성껏 부어 담았다

# 도리깨
— 農貝노래 6

올해는 풋바심*이라도 해야 살리라
하곡 추곡은 흥건한 눈물 속에 둥둥 떠도는데
농지세야 눈먼 농지세야
우리사 땅 파먹은 죄뿐
농사도 죄라면 내 목에 아예 오랏줄 꽉 졸라버려라
어린것들 마당질 돕느라 학교도 못 가고
온종일 단내 나도록 보릿단 두들겨 패랴
홅개로 홅으랴 물주전자 들고 나르랴
제 몸에 겨운 일 어이 감당해내는지
더벅머리에 왼통 보리 까끄라기 둘러쓰고
까만 얼굴 속에서 웃음도 잃은 저 여편네
휘둘러 칠 적마다 풀썩풀썩 날아오르는
매운내 코 아린 보리 먼지 속에서
재채기는 제풀에 지쳐 말라버렸는가
기름한 장치기나무에 구멍을 내고
꼭지 끝에 가로 박은 물푸레 휘추리는 돌아가는데
한 번 때린 보릿단도 더욱 때려서
채 덜 여문 알갱이 하나까지 살뜰히 쓸어 담자

104

낮에 찬밥 먹고 겉곡 두 가마 풋바심

애들아 이제 대충 휘둘렀으면

새 단 가져와서 땅에 깔아야지


* 채 여물기 전의 벼나 보리를 지레 베어 떨거나 훑는 일.

# 돌확
— 農貝노래 7

확도 방아확이라면 모르지만
그저 몇 줌치 안 되는 곡식이나 으깨어주며
장독대 옆에 붙어 살던 이놈 돌확이올시다
이래봬도 해내는 일은 푼수보다 많았지요
풍년 풍자 복 복자를 옆구리에 새긴
제법 매끄러운 부자집 확도 보았지만
열이면 열 그냥 돌덩이를 우멍히 쪼아냈지라우
늘 미운 정 고운 정으로 낯익은 것이라곤
확 언저리에 제법 다소곳 앉은 팥돌이거나
체 얼게미 양푼 대소쿠리
온 마을이 말매미 소리에 잠겨들던 어느 초여름날
풋바심해온 보리껍질 벗기러 찾아와
멍하니 주저앉은 아낙의 한숨소릴 들었지요
확 깊은 집에 주둥이 긴 개가 찾아든다고
이런 한숨 들리는 그핸 꼭 흉년이 왔지라우
드디어 확 바닥에 빗물이 고여
뱀에 쫓긴 개구리라도 숨어들 땐 어찌나 좋았는지
아무도 아무도 이런 내 속은 모를 거라

무싯날 매죄료장수\*가 지나갈 때
불러와서 한번쯤 쪼아 두면 못내 신이 나 돌았지요
지금 박물관 뜨락 앞에 해나 쬐고
골동가게에서 높은 흥정에 팔려가기도 하지만
대관절 신바람 안 도는 게 이상하구면요


\* 매통이나 맷돌의 닳은 이를 정으로 쪼아서 날카롭게 만드는 일을
  업으로 하던 사람. 매조이꾼. '매죄료' 하고 돌아다니는 데서 온 말.

# 똥바가지
— 農具노래 15

채마밭에 거름을 하긴 해얄 텐데
오늘은 비도 오고 하니
똥바가지나 새로 장만해 놓자
바가지는 무엇보담도
자루가 좌우로 겉놀지 않아야 하니
굵은 철사로 챙챙 엮어 조여야지
먼젓번 장날
오다가 다시 가서 얼결에 사둔
헌 철모 바가지가 이럴 때 요긴하지
관자놀이에 구멍을 내고
알맞춤한 자루를 박아 끼우면
손맛도 까칠까칠
오줌장군 두드리면 북소리 쾅쾅
날 들면 거름통에 거름을 퍼담아 가서
한창 땅내 맡고 하늘 걷어차는
저 싱싱한 푸렁것들 더욱 기운 차리도록
고랑마다 뿌려줌이 내 직분이라
예전엔 생나무 속을 둘러 파서도 썼지만

지금은 재목도 귀하고 일손 달려 안 돼
요즘 그 흔한 재생고무 바가지는
몇 번 못 쓰고 깨져서 안 돼
뭣이냐 거름바가지는 뭐니뭐니해도
실팍한 철모가 그저 그만이여
노랑글씨 MP가 제풀에 삭아내리도록
두고두고 쓸 수 있는 철모 바가지가 으뜸이여

# 낫
— 農具노래 18


한번 성질 내면

온 산 다 뜯어먹어도 시원찮지만

지금 그 성질 많이 눌러놓고 있지

슴베* 곧은 조선낫 들게 갈아

이 산에서 번쩍

저 산에서 번쩍

온 산기슭 뻐들어가는 칡넌출 후려가면

날 얇은 까끄랑 왜낫들

감히 따라들 어림도 못하지

쥘손 헐거우면

아무 돌멩이로나 낫공치를 탁탁 치고

갱기를 손바닥으로 바싹 죄어서

관우장비 창칼 되어 동정서벌 헤쳐나가지

까막눈에겐 기역자 글 가르쳐주고

살모사 능구렝이떼 멀리 쫓으며

어려울 땐 모든 낫들 한곳에 모여

그 누구도 함부로 못할 광풍해일 되었지

밀어 깎는 풀낫 갈대 베는 벌낫

담배 귀 따는 담배낫

백정들 눈물로 고리 짜던 버들낫

반달 같은 논배미의 반달낫

물음표의 옥낫 왼손잽이 왼낫

안 쓸 때 녹 낄라 조심조심

숫돌에 매우 갈아 기름 먹여 걸어두게

배고플 때 무우 깎기 제격이듯

더부룩한 삼팔선 풀 깎는 날 꼭 있으리니


* 낫날의 한 끝이 자루 속에 들어간 부분.

# 호미

― 農具노래 26

불같이 더운 날에
실같이 긴긴 날에
아직 창창한 저 이랑을
언제나 다 매고 쉬어나 볼까
아이고 대고 성화로다
부지런 부지런 앉은뱅이 다리를 끌며
이 골 저 골 매어갈 때
가슴속 신세타령이 절로 난다
요 모양 요 꼴을 볼작시면
입술 뾰족하고
슴베 거친 손바닥 쇳날
못 먹어 가늘고 여원
황새목 휘어 꼬부라져 돌아간 끝에
둥근 자라목 쥘손 하나 외로이 달랑
논매기 만물 끝낸 음력 중칠월
두렁에 나 혼자 팽개쳐 두고
젊은 들사람 어딜 가서 돌아오지 않는고
논 잘 매던 보습호미

자갈밭도 겁 안 내던 낫호미

고랑풀 드극드극 긁어주던 삼각호미

그 일꾼들 지금 어딜 가서 돌아오지 않는고

갈수록 오두발광 떠는 세상

호미로 막을 것도 큰가래 들고 설치어대니

저 무서운 도적굴의 만무방*들

오늘은 또 무슨 검은 속 몰래 감추고 와서

열린 삽짝 앞에 흰소리를 뿌리는고

아이고 대고 성화로다

이 강낭밭 언제 다 매고

깡조밥 나물국 날 기다리는 집에 갈까

혼자 구시렁구시렁 매다 보니

서산마루에 해 뚝딱 떨어졌네


* '예의염치가 없는 자들의 무리' 나 '함부로 된 사람' 또는 '아무렇
  게나 생긴 사람' 을 이르는 말.

제5부 개밥풀

(1980~1983년)

# 두엄더미

아침이면 찰찰 넘치는 요강을
마누라보다 먼저 두엄더미에 갖다 붓는다

세상의 버림받은 더러움끼리 옹송거리며
가슴 알몸 부둥켜 끌어안을 때
겨드랑이 틈으로 배어나는 저 장엄한 기운

두렁길에서 이 겨울해를 보내는
쇠똥 죽은 쥐 몽당비의 꽁꽁 언 것들
서로를 부추기며 속속들이 썩어 가노라면
저의 더러움을 비옥으로 깨달은 자
의 더러움은 이미 더러움이 아니다

모든 더럽고 천한 썩은 내 나는 것
혹은 그 비천 때문에 앉을 자리조차
빼앗겨 구석으로 몰려난 길바닥의 것들은
이제 덜 마른 눈물자국으로 달려오너라

내 몸을 그대 땀기운과 짓이겨
목이 파리한 풀싹 한 잎이라도
제대로 피게 하려는 저 숭고한 두엄더미
의 살아있는 정신

# 無名草

차디찬 시멘트 축대 위 가파른 곳의
금간 틈서리를 비집고 살던 풀포기 하나
바람결에 나 이렇게 잘 있으니 염려 말라고
온몸으로 흔들어보이던 고갯짓이
지금은 어디 갔나 모진 비바람 끝에 축대 무너지고
무지막지한 흙더미 그 위로 쌓이고 덮여
이젠 아무도 깔린 풀포기를 떠올리지도 않는데
더욱 까맣게 흔적조차 잊어가고 있는데
애잔한 한 포기 목숨 죽었는가 살았는가
즐겨 이곳을 찾던 채마밭 콩새들도 오지 않고
낯설구나 어제 모습 하루아침에 바뀌어지다니
허물어진 성터에 오른 듯 마음만 소란할 뿐
내가 오늘도 기웃거리며 돌틈 뒤지는 것은
거친 흙더미를 솟구쳐 하늘로 파리한 얼굴 내밀
무명초, 네 믿음의 힘을 보려 함이다

# 베틀노래

예서 거기까지 건너갈 수 있도록
흰구름 다리 하나 엮어주셔요
그대 맘 이 마음에 어어지도록
임이여 가슴 한 쪽 열어주셔요
안으로 오래 걸려 잠긴 문고리
풋사랑에 맑게 닦여 언뜻 열려주셔요
목놓아 불러도 뒤돌아오지 않는
베틀소리만 쩔꺽쩔꺽 저 홀로 사라지고
그 누가 애태우는 나의 속맘을
눈감고 어림이나 하여 줄까요
그 모든 살그리움끼리 서로 만나려는
푸른 유월초순의 칡다래 넌출마냥
하늘로 하늘로 벋어가는 손짓도 보일까요
가로올과 세로올이 마주 얼려서
부둥켜안고 만들어내는 헝겊도 보일까요
그대 사랑 맞으려는 이 마음의
가슴 한 쪽을 먼저 열겠어요
예서 거기까지 건너갈 수 있도록

참한 오작교 하나 먼저 짜겠어요
짜다가 못다 짜고 쓰러지며는
깁 한 조각 어린 것에게 남겨주지요
내 넋이 두웅둥 그대 품으로 파고들 때
아, 비가 오시네요
향그런 눈물비가 오시네요

# 두꺼비집

평화로운 분리는 아름답다고
말들 하지만 그게 어디 참 아름다움인가
미세한 신경과 연결된 세포, 사랑으로서의 통합
더운 핏줄 통하는 친교가 아니면
그 어떤 아름다움도 아름답지 않다
불쌍하여라 우리들의 분리여
집집마다 수많이 길들여진 퓨우즈여
끊어져서 확보되는 작은 평화가
끊어지지 않고 유지되는 답답함보다도
더욱 낫다는 그대의 말은 무엇인가
나는 오늘 타버린 퓨우즈를 새것으로 갈아 끼우면서
다들 끊어져도 저만의 안전한 평화를 단연 거부하는
눈부신 별나라의 반란을 몰래 꿈꾸어 보았다
부질없어라 나의 하루여
줄곧 끊어지고 이어지는 단속적인 그리움이여
오늘도 이 나라의 많은 퓨우즈들은 한결같이
무수한 끊어짐을 위하여
끊어져서 확보되는 작은 평화를 위하여

짐짓 반짝이는 안도의 표정으로
그들의 두꺼비집을 제각기 찾아가는 것이다

# 숯
― 드니 랑글로와 혹은 田彩麟 님께


생의 막다른 골목에 이르러

나는 기름통을 거꾸로 쳐들었다, 아무도, 그 아무도

이 가까이로 오지 말라, 오직

바람과 공기만을 만나겠다, 절망이 아니라면

누구도 나의 占有, 이 화염의 영토 안으로

한 발짝도 들여놓지 말라

내가 유황의 막대기를 패는 순간

따뜻하고 커다란 하늘의 얼굴이 보였다

성난 흰개미들의 두근거리는 기습처럼

불꽃은 나의 온몸을 감싸고

세상의 모든 부조리로부터 나를 격리시켰다

나는 자유로운 불꽃시민이었다

온몸을 샅샅이 낼름거리는 헛바닥으로 애무하는

불의 격정에서 내 차디찬 절망은 데워졌다

사랑은 포근한 단내 같은 것이었으며

나는 오래오래 불꽃의 질서에 나의 생애를

맡기고 싶어졌다 어룽거리는 저 세상 밖으로는

둘러선 한 떼의 사람파도가 보였다

어쩌지 못하고 발만 구르는 그들의 머뭇거림을
불꽃은 나무라며 거칠게 달아오르며
차츰 덮어오는 저녁어둠을 기운차게 물들였다
그 뜨거운 불꽃정신을 다 태우고 나서
나는 드디어 흰 덩이 숯이 되어도 좋았다

# 필라멘트


가장 최소한의 공기도 허용하지 않고
타협이라곤 아예 모르던 그대를 생각한다


세상을 다 내다볼 수 없는 우윳빛
유리공 속의 불투명이 깊어가면 갈수록
오히려 그의 자세는 꼿꼿하여 흩어지지 않았다


몰라, 부딪쳐 깨지면 깨어질까
결코 굽힘을 모른다던 어느 우국지사의 생애처럼
죽어서도 이 밤을 지키는 책상머리 위
허공에 높이 걸려 그의 정신은 빛난다


여린 몸집 하나로 무수히 오고 가는
온갖 협잡의 시대를 감당해 내며
비오는 저녁 쓸쓸한 골목에 서서
보낼 수 있는 만큼은 그의 눈빛을 보낸다


강한 전압과 무절제한 공기를 만나는 일순

그의 몸을 끊어서까지 불굴의 아픔을 보여준다

지금 세상은 어둡고 한 점 별도 없는데

진공 속에서 홀로 반짝이던 그대를 생각한다

# 염통을 보며
— 어느 行旅者의 죽음을 생각한다

나서 죽기까지 어느 목숨의 몸 속에서
뜨겁고 붉은 울분 샘솟듯 퍼올려가며
돌연 놀라움 당하여 가슴 치는 방망이질과
보고 못 참을 일에 팔 걷던 시절도 있었으리라

남자, 삼십대, 고향도 이름도 없는 염통이여
유리병 속에서 그대는 자유롭고 늘 담담하다
미세한 신경과 굵고 검푸른 혈관 조직들
더불어 정지된 시간의 박동 속에 빛바래져도
이제 그대는 우리 시대를 말없이 증언한다

많은 사람들 그대 앞에 찾아와 몸 굽히고
드디어 멈추어버린 고요의 구조를 들여다볼 때
그대는 비웃는다 삶의 안간힘과 발버둥을
짐짓 꾸며내는 거짓표정을 비웃는다

그대를 본다, 유리병 속의 정신이여
사람들은 오늘도 그대 앞을 지나치며

이 표본의 저의 모습임을 깨닫지 못하나니
아득한 진눈개비의 세상길도 잊은 채
이제 그대는 우리 시대의 슬픔으로 말이 없다


* 지방의 어느 간호학교에 출강하던 1980년 8월 무더운 주말 오후,
도립병원 부검실에서 나온 당직의사가 핏방울이 뚝뚝 듣는 사람의
염통 하나를 고무장갑 낀 손에 받쳐 들고 왔다. 그는 이것이 횡사
의 이유를 밝힐 수 없는 행려자의 염통이며, 간호학생들의 실습용
표본으로 보관해 주기를 요청했다.

# 고향에 고향에 돌아와도 1

그들은 대체 어디로 가버린 것일까
맑은 물 졸졸거리며 흘러내리던 실또랑
속에는 꼬물꼬물 물살 거슬러 오르던 올챙이들
패인 이랑 사이로 바람 지나갈 적마다
수줍은 듯 고갯짓하던 푸른 보리밭
도리깨소리 콩 튀듯 수선스럽던 들판에
바람에 솟구쳤다가 사뿐 나려앉던 보리까스레기
비오는 날 물꼬 살피러 무논에 서면
함께 울어쌓다 일시에 뚝 그치곤 하던 능청이들
지금은 대체 어디로 가버린 것일까
수많은 그들이 떼지어 살던 그곳에
오늘은 소란한 무쇠차가 땅 깊이 파헤치고
파낸 곳은 시멘트 비벼 넣어 보세공장을 짓는다 한다
어찌할거나 어찌할거나
논바닥 돌틈이나 마른 두렁풀 뿌리 밑으로
겨울잠 자러 들어간 저 둑겁이들은 어찌할거나
마구 파 일구고 지나가는 무쇠차의 발굽에 깔려
뒤엎고 깔아놓은 차디찬 시멘트의 어둠 밑에서
어찌할거나 그들은 대관절 어찌할거나

# 그리운 장승노래

이 세상 어딘가에
그 어딘가에
마음 곧은 돌장승이 살고 있다면
내 그에게 그와 더불어
죽는 날꺼정 이 한 몸 기대고
마음 다 비워도 오히려 마음 그득하리

꽉 다물린 입
설핏 웃는 눈매
투박한 코뭉치
모진 비바람 속에 돌가루가 물엿처럼
자꾸 녹아내릴지라도
그래도 줄창 서서 흘리는 땀이란
얼마나 든든하냐
든든하냐

꼭 돌장승 아니라도
다 썩고 아쉬운대로 아랫도리만 남아서

먼지 속을 살아가는 목장승이 있다면
내 어린 것 보듬어 안고 찾아가리
만약 이 세상 어딘가에
아직 아무도 가지 않은 그 어딘가에
꿋꿋한 장승들의 마을이 있다면

# 아우라지 술집

그해 여름 아우라지 술집 토방에서
우리는 鏡月소주를 마셨다 구운 피라미를
씹으며 내다보는 창밖에 종일 장맛비는 내리고
깜깜한 어둠에 잠긴 조양강에서
남북 물줄기들이 서로 어울리는 소리가 들려왔다
수염이 생선가시같이 억센
뱃사공 영감의 구성진 정선아라리를 들으며
우리는 물길 따라 무수히 흘러간
그의 고단한 생애를 되질해내고 있었다

─사발그릇 깨어지면 두셋 쪽이 나지만
─삼팔선 깨어지면 한 덩어리로 뭉치지요

한 순간 노랫소리가 아주 고요히
강나루 쪽으로 반짝이며 떠가는 것을 우리는 보았다
흐릿한 십 촉 전등 아래 깊어가는 밤
쓴 소주에 취한 눈을 반쯤 감으면
물 아우라지고

사람 아우라지고

우리나라도 얼떨결에 아우라져 버리는

강원도 餘糧땅 아우라지 술집

# 물의 노래 1
— '새도 옮겨 앉는 곳마다 깃털이 빠지는데'


그대 다시는 고향에 못 가리

죽어 물이나 되어서 천천히 돌아가리

돌아가 고향하늘에 맺힌 물 되어 흐르며

예섰던 우물가 대추나무에도 휘감기리

살던 집 문고리도 온몸으로 흔들어 보리

살아생전 영영 돌아가지 못함이라

오늘도 물가에서 잠긴 언덕 바라보고

밤마다 꿈을 덮치는 물꿈에 가위 눌리니

세상사람 우릴 보고 수몰민이라 한다

옮겨간 낯선 곳에 눈물 뿌려 기심매고

거친 땅에 솟은 자갈돌 먼 곳으로 던져가며

다시 살아보려 바둥거리는 깨진 무릎으로

구석에 서성이던 우리들 노래도 물속에 묻혔으니

두 눈 부릅뜨고 소리쳐 불러보아도

돌아오지 않는 그리움만 나루터에 쌓여갈 뿐

나는 수몰민, 뿌리째 뽑혀 던져진 사람

마을아 억센 풀아 무너진 흙담들아

언젠가 돌아가리라 너희들 물 틈으로

나 또한 한많은 물방울 되어 세상길 흘러 흘러
돌아가 고향하늘에 홀로 글썽이리

# 序詩

이 땅에 먼저 살던 것들은 모두 죽어서
남아 있는 어린 것들을 제대로 살아 있게 한다
달리던 노루는 찬 기슭에 무릎을 꺾고
날새는 떨어져 그의 잠을 햇살에 말리운다
지렁이도 물 속에 녹아 떠내려가고
사람은 죽어서 바람 끝에 흩어지나니
아 얼마나 기다림에 설레이던 푸른 날들을
노루 날새 지렁이 사람들은 저 혼자 살다 가고
그의 꿈은 지금쯤 어느 풀잎에 가까이 닿아
가쁜 숨 가만히 쉬어가고 있을까
이 아침에 지어먹는 한 그릇 미음죽도
허공에 떠돌던 넋이 모여 이루어진 것이리라
이 땅에 먼저 살던 것들은 모두 죽어서
남아 있는 어린 것들을 제대로 살아 있게 한다
성난 목소리도 나직이 불러보던 이름들도
언젠가는 죽어서 땅위엣 것을 더욱 번성하게 한다
대자연에 두 발 딛고 밝은 지구를 걸어가며
죽음 곧 새로 태어남이란 귀한 진리를 얻었으니
하늘 아래 이 한 몸 더 바랄 게 무어 있으랴

# 내 눈을 당신에게
— 어느 失鄕民의 유서

내 눈을 당신께 바칠 수 있음을 기뻐합니다
이 온전한 기쁨을 누릴 수 있도록 도와주신 하느님
그리고 내 이웃들에게 삼가 감사드리옵니다
이 몸을 어버이로부터 물려받은 지 오늘토록
오직 하나 참된 보람을 위해 살아와서
이제 저 하늘의 부름을 받고 떠나옵니다
내 병은 불치의 암, 모두가 슬픈 눈물을 흘리지만
오히려 나는 기쁨의 때가 온 줄 미리 알므로
거짓인 양 침착하게 더욱 당당하게
내 눈을 당신께 바칠 수 있음을 기뻐합니다
이제 내가 죽은 후에도 살아있을 나의 눈은
오랜 어둠을 헤매온 당신의 몸 속에서
누구보다도 가장 떳떳한 밝음이 될 것입니다
일백 번 죽어도 죽지 않는 긴 삶이 될 것입니다
언젠가 당신도 이 세상을 떠나게 될 때
아끼던 눈뿐만 아니라 소중한 그 무엇을
없어서 고통받는 이에게 나누어 드리십시오
몸을 주고받는 사랑이란 바로 이런 것입니다

물에 빠진 자식을 구하려고 깊은 소로 뛰어든
일가족 죽음의 뜻을 이제야 조금 알겠습니다
끊어도 끊어지지 않는 사랑의 단단한 끈이
우리 겨레의 가슴속으로 이어지기를 바랍니다
지금 내 마음 무어리 말할 수 없이 행복합니다
죽기 전에 소원이 있다면 꼭 한 가지
대대로 이어진 나와 당신의 작은 눈이나마
영영 꺼지지 않는 이 나라의 불씨가 되어
북녘 고향 찾아가는 벅찬 행렬을
두 눈이 뭉개지도록 보고 또 보았으면 하는 것입니다

# 개밥풀

아닌 밤중에 일어나
실눈을 뜨고 논귀에서 쿵쿵거리며
맴도는 개밥풀
떠도는 발끝을 물밑에 닿으려 하나
미풍에도 저희끼리 밀고 밀리며
논귀에서 맴도는 개밥풀
방게 물장군들이 지나가도
결코 스크럼을 푸는 일 없이
오히려 그들의 등을 타고 앉아
휘파람 불며 불며 저어가노나
볏짚 사이로 빠지는 열기
음력 사월 무논의 개밥풀의 함성
논의 수확을 위하여
우리는 우리의 몸을 함부로 버리며
우리의 자유를 소중히 간직하더니
어느 날 큰비는 우리를 뿔뿔이 흩어놓았다
개밥풀은 이리저리 전복되어
도처에서 그의 잎파랑이를 햇살에 널리우고

더러는 장강의 소용돌이에 휘말렸다
어디서나 휘몰리고 부딪치며 부서지는
개밥풀 개밥풀 장마 끝에 개밥풀
자욱한 볏짚에 가려 하늘은 보이지 않고
논바다을 파헤쳐도 우리에겐 그림자가 없다
추풍이 우는 달밤이면
우리는 숨죽이고 운다
옷깃으로 눈물을 찍어내며
귀뚜라미 방울새의 비비는 바람
그 속에서 우리는 숨죽이고 운다
씨앗이 굵어도 개밥풀은 개밥풀
너희들 봄의 번성을 위하여
우리는 겨울 논바닥에 말라붙는다

# 올챙이

우리는 버림받은 자식인가요, 어머니
오늘도 뙤약볕 내리쬐는
논바닥에 한 움큼 물 고인 곳을
그나마 물이라고 오르내리며
그게 마지막 헤엄인 줄은 몰랐지요
한많은 당신의 알보재기를, 어머니
왜 갈라진 논바닥에 뿌리셨어요
있는 듯 마는 듯 조금 물 고인 곳이
처음엔 우리들의 고향인 줄 알았습니다
하기야 우리들 고향이란 별것 있나요
하늘 아래 모든 늪이 내 집이지요
끊임없이 세상은 균열되고
우리의 작은 늪이 말라붙네요
날마다 황토물 속을 오르내리며
부글대는 거품만 삼켰답니다
아, 숨이 가빠져요, 어머니
물을 주세요, 물을 주세요
헐떡이는 아가미를 축이고 싶어요

어찌해서 우리에겐 발이 없나요
아무리 소리쳐도 눈 하나 꿈쩍 않는
저 무뚝뚝한 논두렁과
바위들의 냉담이 나는 미워요
우리는 끝내 논바닥에서 죽어갔지만
누구 하나 우리를 거두지 않았어요
망종 무렵 농부가 물꼬를 틔우고 나서
맑은 여울은 가만히 다가왔습니다
여울이 깊은 잠을 흔들어 깨울 때
우리들 버림받아 굳어진 몸은
푸른 물 위에 가비야이 떠서
아주 먼 곳으로 흘러갔습니다

# 瑞興金氏 內簡

― 아들에게

그해 피난가서 내가 너를 낳았고나
먹을 것도 없어 날감자나 깎아 먹고
산후구완을 못해 부황이 들었단다
산지기집 봉당에 멍석 깔고
너는 내 옆에 누워 죽어라고 울었다
그해 여름 삼복의 산골
너의 형들은 난리의 뜻도 모르고
밤나무 그늘에 모여 공깃돌을 만지다가
공중을 날아가는 포성에 놀라
움막으로 쫓겨와서 나를 부를 때
우리 줄이 어린 너의 두 귀를 부여안고
숨죽이며 울던 일이 생각이 난다
어느 날 네 아비는 빈 마을로 내려가서
인민군이 쏘아죽인 누렁이를 메고 왔다
언제나 사립문에서 꼬릴 내젓던
이제는 피에 젖어 늘어진 누렁이
우리 식구는 눈물로 그것을 끓여 먹고
끝까지 살아서 좋은 세상 보고 가자며

말끝을 흐리던 늙은 네 아비

일본 구주로 돈 벌러 가서

남의 땅 부두에서 등짐지고 모은 품삯

돌아와 한밭보에 논마지기 장만하고

하루 종일 축대 쌓기를 낙으로 삼던 네 아비

아직도 근력 좋게 잘 계시느냐

우리가 살던 지동댁 그 빈 집터에

앵두꽃은 피어서 흐드러지고

네가 태어난 산골에 봄이 왔구나

아이구 피난 피난 말도 말아라

대포소리 기관포소리 말도 말아라

우리 모자가 함께 흘린 그해의 땀방울들이

지금 이 나라의 산수유꽃으로 피어나서

그 향내 바람에 실려와 잠든 나를 깨우니

출아 출아 내 늬가 보고접어 못 견디겠다

행여나 자란 너를 만난다 한들

네가 이 어미를 몰라보면 어떻게 할꼬

무덤 속에서 어미 쓰노라


* 瑞興金氏: 필자의 先妣 金己鳳. 池洞宅은 그의 宅號. 1951년 沒.

# 相思花

꽃보다 먼저 잎은 지고
빈 천지에 바람만 도는데
꽃은 저 홀로 피어
하루 종일 연분홍

저희들 한 대궁으로
생겨나고서도
어이 잎 먼저 저물고
꽃은 나중에 벙그는지

저희들 한 뿌리에
터 잡고 가쁜 숨 뱉으면서도
어이 꽃과 잎들은
서로 만나지를 못하는지

이 꽃만 보면 아무렴
죽은 문둥이 형님 생각에 목메이누나
그래 그래 목이 잠겨
말도 안 되누나

# 쑥의 美學

한 모금의 生水를 얻기 위하여
그토록 많은 잔뿌리들을
아래로 내렸으니 비탈의 쑥이여
너의 추구는 진실로 아름답다
무엇보다도 소중한 생의 수분
수분이 주는 독한 마음
세상의 가장 깊은 곳에 감추인
약간의 생수를 찾아내기 위하여
너는 얼마나 괴로워야 했던가
속절없이 마르는 이 땅의 토질 속에
차디찬 너의 분노는 갈기를 세우나니
흐르는 땀으로 얼굴을 씻고
부러진 삽자루나 껴안고 울며
매양 부질없이 끼니만 이어가는
우리는 한 포기 쑥만도 못하고나
한 모금의 생수를 얻기 위하여
그토록 많은 잔뿌리들을
아래로 내렸으니 비탈의 쑥이여
너의 추구는 진실로 아름답다

# 그가 뿌리고 간 씨앗은 자라

그가 뿌리고 간 씨앗은 자라
격전지에도 푸른 잎은 생겨나는데
그는 지금 어느 하늘 아래 가 있는지
씨앗은 자라 활짝 핀 꽃은
모진 바람에도 잘 견디어 내는데
그의 간 곳에도 바람이 부는지
불면 어떤 바람이 불고 있는지
그가 뿌리고 간 씨앗은 자라
어리고 푸른 잎들이 텃밭을 메웠는데
그는 지금 이 세상 어디에 가 있는지
우리가 영영 알 수 없는 곳으로 갔다지만
아마도 그는 바로 요 앞마당
기운차린 시나위꽃으로 살고 있는 건 아닌지
그는 분명 꽃 속의 향내로 살고 있는 게지
하늘 향해 꽃송이들 일제히 기도하는 아침마다
그의 살아있는 팔뚝의 핏줄을 본다
불어라 바람, 이제 분들 며칠을 불 것인가
그가 뿌리고 간 씨앗을 자라

격전지에도 푸른 잎은 생겨나는데
그는 지금 어느 하늘 가에 떠도는지

# 待春賦

방안에 매화는 피고 지고
이 아침 봄눈이 흩날리노나
때까치는 으능나무에 둥지를 틀고
쌓인 건초들은 흩어져 빈들에 깔린다
언 땅의 밑 어느 곳에서
작은 알뿌리들은
반짝이는 그의 실눈을 뜨고 있을까
마침내 이 나라에 봄은 오도다
죽은 풀들의 씨앗과
말을 잃은 사람의 말
이 나라의 강산에 살아나리로다
강물이 풀리어 흐르는 감격
만리에 나부끼는 푸른 깃발
이 나라의 빈들을 메우리로다
이 아침 흩날리는 저 춘설도
한식경 붐비면 그칠 것이니
오늘도 시린 발목을 어루만지며
찾아와도 별 볼일 없는 봄을 기다리자

# 장날

물건을 팔러 온 장돌뱅이가
물건을 사기도 하는 시골 장날
고추 팔러 온 사람이 실타래를 흥정하고
참기름 짜러 온 사람이 강아지를 파는 동안
악다구니로 보채던 어린 것은
에미 등에 업히어 한껏 잠이 달다
신새벽 해 돋기 전부터 몰려와서
젖은 장바닥에 들끓는 삶의 거래
머리에 수건 한 장을 둘러쓰고
결 고운 인심을 주고받는 아낙네들
수염이 허연 영감이 한복을 차려 입고
점잖게 붓 벼루 팔고 있는 시장 골목
묶여서도 싱싱한 배추들의 생기와
강엿가루 반짝이는 목판을 지나오면
한 손에 굵은 소금을 담뿍 움키고
생선에다 기운차게 뿌리는 어물전 곰보
해 지고 장 보는 이도 발길 뜸한데
뚱뚱한 돼지집 여편네의 손목을 잡고

거나하게 저물어가는 가을 주막

내일도 붐비는 타관의 장터로 찾아가서

맑은 봇짐 끌러놓을 장돌뱅이가

꿈에서도 콧노래 흥얼거리는 시골 장날

# 魔王의 잠 1


맨드라미의 하늘도 시들어
꽃피던 마을은 이제 처참하다
깨어진 자유처럼 풀씨 흩날리고
토종개들의 눈빛은
죽어서도 먼 바다를 머금고 있다
해안을 돌아온 아이들의 귀
재잘거리는 몇 개의 말미잘
잔잔한 어둠이 바다의 허공을 일렁이고
피로한 물풀의 잠아
너는 신의 발목을 안고 몸을 떤다
네 손바닥의 못자국을 뜯어내면
향나무숲으로 파고드는 햇살소리가 들리고
만상의 잠을 보채는 무형의 바람이 보였다

# 생태적 상상력과 겸허의 미덕

황선열(문학평론가)

## 1. 응시

서정시는 대상과 주체가 하나로 합일하는 동일성의 시학을 추구한다. 이 때문에 서정시의 화자는 대상과 일정한 관계를 형성하고 있다. 그 관계가 분열로 나아갈 때는 의식이 강조되는 서정시가 되고, 그 관계가 화합으로 나아갈 때는 감성이 강조되는 서정시가 된다. 대상과 주체의 불화가 조장되는 현대시들은 의식의 경계를 넘어서 존재하기도 한다. 그러나 서정시의 본질이 대상과 주체와의 관계 속에서 화합과 조화를 지향하고 있다는 것은 부인할 수 없는 일이다.

등단 37년째를 맞이하는 이동순의 시를 한마디로 말하면 대상과 주체의 관계에서 대상과 주체가 화합하는 전통 서정시의 방법론을 고수하고 있다는 것이다. 대상에 맞서는 주체의 관점은 변화하고 있을지라도 대상과의 관계 속에서 끊임없이 주체를 확인해나가고 있다. 그를 두고 '지사적 품성'을 지닌 시인이라고 하는 까닭도 변함없이 전통 서정시의 방법론을 지켜나가고 있기 때문이다.

지금까지 발표한 열세 권의 시집에 흐르고 있는 기본 정조는 자연과 합일하거나, 그 자연과 감응하는 자세를 취하고 있다. 대상과 주체가 합일하는 동일성의 시학을 넘어서 대상을 응시하고, 그 대상과 감응하는 동기감응의 시학을 보인다. 무위자연의 시학이 그의 시에서 하나의 화두로 등장하고 있는 것은 이러한 동기감응의 시학과 무관해 보이지 않는다. 동양의 자연관은 근본적으로 '생태적 자연관'이라 할 수 있다. 그것은 더불어 살아가는 공동체의 삶을 지향한다는 것이고, 대상과 화자가 은밀하게 조우하면서 서로 감응한다는 것이다. 감응은 대상의 내면과 소통하는 것이고, 내면과 내면이 서로 조화롭게 바라보는 것이다. 이 때문에 그의 시는 근본적으로 생태시를 지향하고 있다.

그의 시에서 대상은 화자에게 경이롭게 보이기도 하고, 숨죽이는 감동으로 다가오기도 하고, 조용한 울림으로 다가오기도 한다. 그의 시에서 대상은 외면으로 다가오지 않고, 내면의 깊은 곳으로부터 다가온다. 화자의 시선은 대상의 내면 깊은 곳까지 다가가 있다. 그는 사물을 깊이 '응시'하고 있는 것이다. 그는 대상을 통해서 자신을 바라보고, 자신의 내면을 통해서 다시 대상의 내면을 바라보는 것이다.

이러한 상호 관계 속에서 그는 자신을 끝없이 낮추는 겸허한 태도를 보이고 있다.

그는 언덕에서 불어오는 한 점의 바람에서도 생명의 신비를 발견하고, 양말 속에 감추어진 작은 벌레 하나에서도 존재의 의미를 발견한다. 그가 대상을 응시하는 태도는 근본적으로 생태적 상상력을 바탕으로 하고 있으며, 이를 바탕으로 이 세상에 존재하는 모든 것들에게 존재의 의미를 부여하고 있다. 그는 대상을 찬찬히 '응시'하면서 존재에 의미를 부여한다. 그 '응시'는 작은 사물에서부터 우주적 상상력이 미치는 공간까지 확대된다. 이동순의 시가 전통 서정시의 방법론을 굳건히 유지하면서 끝없이 변주할 수 있었던 것은 사물을 응시하는 태도가 변하지 않았다는 데 있다. 그는 늘 따뜻한 감성으로 대상을 응시하고, 그 대상을 자신의 내면으로 끌어들이면서 동기감응하고 있다. 서정시의 본령이 주객일체에 있다면, 이동순의 시는 이러한 서정시의 본령을 충실하게 지켜내고 있다고 할 수 있다. 그런 점에서 그의 시는 독자들에게 변함없는 사랑을 받고 있는 것이다.

## 2. 동기감응하는 생태적 상상력

이동순의 시는 사물의 내면을 살펴보는 성찰의 자세가 돋보인다. 그것은 격물치지(格物致知)의 관점이라 할 수 있다. 격물치지는 유교철학에서 흔히 인식이론의 기초라고 말한다. 사물의 바른 위치는 모든 학문의 근원이라는 이 사상은 동양철학의 출발점이라 할 수 있다. 주희는 『대학장구』에서 격물치지를 "사물의 이치를 궁극에까지 이르러 나의 지식을 극진하게 이른다"라고 해석하고 있다. 여기서 말하는 사물의 이치란 우주의 원리를 말하는데, 모든 사물이 놓여 있는 위치가 어디에 있는지를 궁구하는 것이다.

격물치지의 원리는 사물의 위상을 자리매김하는 것으로 학문과 수양의 기본 태도라 할 수 있다. 그것은 곧 서정시의 정신이기도 하다. 시인의 경지가 닿는 곳이 도에 이르는 경지이다. 이것은 서정시의 정신이야말로 근본적으로 학문 수양의 정신이라는 말과도 상통한다. 이동순의 시는 자아와 자연과 동화하는 서정시의 근본주의를 지향하고 있으며, 그것은 전통적 서정시의 정신이라 할 수 있다. 그의 시는 자연동화를 통해서 깨달음의 경지에까지 다다른다. 그의 서정시 정신은 사물을 성찰하는 깊은 의식으로부터 생성되고 있는데, 그것은 사물을 통해서 세상을 관조하려는 학자의 태도에서 발현한다고 할 수 있다.

대상에 대한 인식은 생명에 대한 인식이다. 서정시는 근본적으로 자아와 세계의 합일과 포용의 태도를 지향한다. 이 때문에 서정시의 원리는 근본적으로 생태적이라 할 수 있다. 특히, 이동순의 시에서 생명에 대한 인식은 중요한 자리를 차지한다. 그는 시를 통해서 생명의 소중함을 인식하고, 이를 통해서 삶의 진리를 터득한다. 첫 시집 『개밥풀』에서 생명을 잃어버린 농촌의 현실을 통해서 생명의 땅을 회복할 것을 주장했다면, 시집 『물의 노래』에서는 현실을 송두리째 빼앗기는 수몰민의 비애를 통해서 반생명성에 저항하고 있다. 이러한 생명의식은 다양한 진폭으로 확대 변주되어 나타났다. 그의 시는 생명의식의 회복이라는 서정시의 본령을 추구하고 있다. 그 생명의식은 지극히 작은 일상에서의 깨달음으로부터 시작하고 있다.

> 양말을 빨아 널어두고
> 이틀 만에 걷었는데 걷다가 보니
> 아, 글쎄
> 웬 풀벌레인지 세상에
> 겨울 내내 지낼 자기 집을 양말 위에다
> 지어놓았지 뭡니까
> 참 생각 없는 벌레입니다
> 하기야 벌레가 양말 따위를 알 리가 없겠지요
> 양말이 뭔지 알았다 하더라도
> 워낙 집짓기가 급해서 이것저것 돌볼 틈이 없었겠지요
> 다음날 아침 출근길에
> 양말을 신으려고 무심코 벌레집을 떼어내려다가
> 작은 집 속에서 깊이 잠든
> 벌레의 겨울잠이 다칠까 염려되어

나는 내년 봄까지

그 양말을 벽에 고이 걸어두기로 했습니다

—「양말」 전문

　이 시는 일반적으로 자연과 동화하거나, 자연을 관찰하는 서정시와는 사뭇 다르게 읽힌다. 전통적 서정시가 자연을 관찰하면서 그들과 동화하려고 하는 동일시의 경향을 보인다면 그의 시는 동일성의 시학에서 더 나아가 자연의 내면과 동화하려는 동기감응의 경향을 보인다. 자연주의 시들이 자연의 일부로서 인간 존재를 발견하고 있는데, 이 시는 자연시를 넘어서 생태환경시를 지향한다. 생태는 자연과 생명을 아우르는 말로서 자연 속에서 서로 감응하면서 함께 살아가는 것을 말한다. 자연의 친화와 동화를 넘어서 인류가 추구해야 할 가치가 있다면, 자연에 감응하면서 생명들과 소통하는 것이다.

　작은 풀벌레는 양말을 생명의 근원으로 삼고 있다. 그 양말 속의 작은 풀벌레를 떼어내는 순간, 그 벌레는 집(생명)을 잃고 말 것이다. 그러나 화자는 그 작은 풀벌레가 생명을 영위할 수 있도록 지금 당장 신어야 할 양말을 내년 봄에 신을 것이라고 미룬다. 이 순간, 그 작은 풀벌레는 생명을 얻게 된다. 생태학적 상상력은 작은 생명에 대한 사랑과 감응으로부터 출발한다. 그것이 곧 나의 생명과 소통하고 있다는 각성, 그 각성의 근원에는 생태시의 본질이 놓여 있다.

생태시는 자연의 근원이 되는 작은 생명과 감응하면서 출발한다. '양말' 이라는 흔한 소재를 끌어왔지만, 그 일상적 소재는 생명의 신비로움을 발견하는 깨달음으로 나아가고 있다. 양말 속의 생명을 살리기 위한 화자의 작은 노력에서 놀라운 생명 존중사상으로 나타난 것이다.

아닌 밤중에 일어나
실눈을 뜨고 논귀에서 쿵쿵거리며
맴도는 개밥풀
떠도는 발끝을 물밑에 닿으려 하나
미풍에도 저희끼리 밀고 밀리며
논귀에서 맴도는 개밥풀
방게 물장군들이 지나가도
결코 스크럼을 푸는 일 없이
오히려 그들의 등을 타고 앉아
휘파람 불며 불며 저어가노나
볏짚 사이로 빠지는 열기
음력 사월 무논의 개밥풀의 함성
논의 수확을 위하여
우리는 우리의 몸을 함부로 버리며
우리의 자유를 소중히 간직하더니
어느 날 큰비는 우리를 뿔뿔이 흩어놓았다
개밥풀은 이리저리 전복되어

도처에서 그의 잎파랑이를 햇살에 널리우고
더러는 장강의 소용돌이에 휘말렸다
어디서나 휘몰리고 부딪치며 부서지는
개밥풀 개밥풀 장마 끝에 개밥풀
자욱한 볏짚에 가려 하늘은 보이지 않고
논바닥을 파헤쳐도 우리에겐 그림자가 없다
추풍이 우는 달밤이면
우리는 숨죽이고 운다
옷깃으로 눈물을 찍어내며
귀뚜라미 방울새의 비비는 바람
그 속에서 우리는 숨죽이고 운다
씨앗이 굵어도 개밥풀은 개밥풀
너희들 봄의 번성을 위하여
우리는 겨울 논바닥에 말라붙는다

―「개밥풀」 전문


　첫 시집 『개밥풀』의 표제작이기도 한 이 시에서 그의 시
가 지향하는 생명 사상의 원류를 파악할 수 있다. 개밥풀은
연약하고 작은 생명들이지만, 그들은 거대한 자연과 맞서
고, 그 맞섬이 다하는 날 기꺼이 목숨을 버릴 줄 안다. 그들
은 삶과 죽음에 연연해하지 않으면서도 "너희들 봄의 번
성"을 위해서 기꺼이 자신을 버릴 줄 안다. 그러나 그 연약
한 개밥풀도 생명이 있는 순간까지 자신의 몫을 다하면서

자연의 흐름에 따라 요동치기도 하고, 격렬하게 투쟁하기도 하고, 세상의 변화를 슬퍼하면서 숨죽여 울기도 한다.

　시 「개밥풀」에서 자연에 감응하는 생태적 상상력의 세계를 만날 수 있다. 그의 시정신은 자연뿐만 아니라 그 자연과 더불어 살아가는 모든 생명에 대한 경외감과 함께 그들에 대한 따뜻한 사랑으로 이어지고 있다. 세상의 어떤 장애물이 있어도 "스크럼"을 풀지 않던 개밥풀은 세월의 흐름에 따라 서서히 자기 몸을 논바닥에 되돌려준다. 그러나 그것은 영원한 죽음이 아니라, 새 봄의 번성을 위해 잠시 자리를 내어주는 것뿐이다. 개밥풀이라는 작은 생명을 통해서 삶과 죽음이 하나로 이어지는 거대한 자연의 순환 고리를 발견하고 있는 것이다. 그 고리는 지극히 자연스러운 질서의 고리이고, 생명과 죽음의 순환고리이다. 그렇기 때문에 개밥풀의 죽음은 신성한 것이고, 오히려 재생을 위한 숭고한 죽음으로 받아들일 수 있는 것이다. 그는 개밥풀과 동화하는 데서 더 나아가 그 개밥풀과 은밀하게 감응하고 있는 것이다.


　한번 성질 내면
　온 산 다 뜯어먹어도 시원찮지만
　지금 그 성질 많이 눌러놓고 있지
　슴베 곧은 조선낫 들게 갈아
　이 산에서 번쩍

저 산에서 번쩍

온 산기슭 뻐들어가는 칡넌출 후려가면

날 얇은 까끄랑 왜낫들

감히 따라들 어림도 못하지

쥘손 헐거우면

아무 돌멩이로나 낫공치를 탁 탁 치고

갱기를 손바닥으로 바싹 죄어서

관우장비 창칼 되어 동정서벌 헤쳐나가지

까막눈에겐 기역자 글 가르쳐주고

살모사 능구렝이떼 멀리 쫓으며

어려울 땐 모든 낫들 한곳에 모여

그 누구도 함부로 못할 광풍해일 되었지

밀어 깎는 풀낫 갈대 베는 벌낫

담배 귀 따는 담배낫

백정들 눈물로 고리 짜던 버들낫

반달 같은 논배미의 반달낫

물음표의 옥낫 왼손잽이 왼낫

안 쓸 때 녹 낄라 조심조심

숫돌에 매우 갈아 기름 먹여 걸어두게

배고플 때 무우 깎기 제격이듯

더부룩한 삼팔선 풀 깎는 날 꼭 있으리니

—「낫-農具노래 18」 전문

이 시는 농구노래 연작 중의 하나이다. 농구노래 연작에 나오는 따비, 베틀, 오줌장군, 도리깨, 돌확, 똥바가지, 호미들은 이미 농촌사회에서 사라지고 있는 농기구들이다. 사라지는 것들에 대한 사랑이 농구노래 연작이다. 그의 생명의식은 생물에서 무생물까지 확장되고 있다. 기계화의 영향으로 사라지게 되는 농기구들도 생명을 잃어가는 사물임에 틀림없다. 그는 그 농구를 의인화해서 그들의 목소리를 대신해서 반생명성을 지향하는 인간들의 행태를 비판하고 있는 것이다. 이처럼 그의 생명의식은 생물과 무생물, 그리고 현실의 문제, 사라지는 것에까지 확장되고 있는 것이다.

이 시는 농기구 낫의 존재 이유를 다양한 측면에서 살피고 있으며, 그것은 곧 낫의 생명력으로 이어지고 있다. '낫'은 왜낫에 맞서고, 세상의 온갖 불의와 맞서기도 하고, 더러는 창칼 노릇도 하고, 더러는 문자가 되기도 한다. 그러나 낫이 가장 하고 싶은 것은 더부룩한 삼팔선의 풀을 베어내는 일이다. 낫은 국토의 분단을 가장 아파하고 있다. 분단이야말로 반생명의 전형이다. 이데올로기의 상징인 삼팔선은 죽음의 상징이다. 6·25동란 때 어머니를 잃은 그의 어릴 적 체험은 삼팔선을 죽음으로 인식하는 원초적 동기가 된다. 그에게 있어서 분단은 혈육의 고통이며 동시에 죽음의 상징이다.

또한 삼팔선은 조국의 고통을 의미한다. 국토는 인간이 살아가는 생명의 땅이다. 그 땅을 경계 짓는 삼팔선은 생명의 단절을 상징한다. 시집 『철조망 조국』에서 끊임없이 말하고 있는 것은 국토에 둘러쳐진 철조망을 없애자는 것이다. 이처럼 그의 생명의식은 국토라는 대지까지 확장되고 있는 것이다. 분단의 상징물인 철조망은 반생명성을 상징하는 것이고, 대자연의 질서를 거스르는 상징물인 것이다. 시 「낫」에서 '낫'이 잃어버린 농촌(자연)의 회복을 상징하듯이, 철조망을 없애는 것은 이념의 노예가 된 인간 정신의 회복을 상징하는 것이다. 농구노래 연작에서 그는 사라지는 것들에 생명을 불어넣고 있다. 사라지는 것들에 대한 사랑은 파괴된 농촌현실을 바라보는 시선에서도 그대로 드러난다.

> 그대 다시는 고향에 못 가리
> 죽어 물이나 되어서 천천히 돌아가리
> 돌아가 고향하늘에 맺힌 물 되어 흐르며
> 예섰던 우물가 대추나무에도 휘감기리
> 살던 집 문고리도 온몸으로 흔들어 보리
> 살아생전 영영 돌아가지 못함이라
> 오늘도 물가에서 잠긴 언덕 바라보고
> 밤마다 꿈을 덮치는 물꿈에 가위 눌리니
> 세상사람 우릴 보고 수몰민이라 한다
> 옮겨간 낯선 곳에 눈물 뿌려 기심매고
> 거친 땅에 솟은 자갈돌 먼 곳으로 던져가며

다시 살아보려 바둥거리는 깨진 무릎으로
구석에 서성이던 우리들 노래도 물속에 묻혔으니
두 눈 부릅뜨고 소리쳐 불러보아도
돌아오지 않는 그리움만 나루터에 쌓여갈 뿐
나는 수몰민, 뿌리째 뽑혀 던져진 사람
마을아 억센 풀아 무너진 흙담들아
언젠가 돌아가리라 너희들 물 틈으로
나 또한 한많은 물방울 되어 세상길 흘러 흘러
돌아가 고향하늘에 홀로 글썽이리

―「물의 노래 1」 전문

　이 시는 시집 『물의 노래』에 실린 같은 제목의 연작시 중에서 첫 번째 시이다. 옮겨 앉은 고향마저 상실하고 만 수몰민의 비애는 그들만의 비애가 아니라, 우리 모두의 비애이다. 그것은 자연의 훼손이라는 극단적 생명 파괴일 뿐만 아니라, 궁극적으로 삶의 뿌리를 흔드는 일이다. 이 시는 생명의 근원을 빼앗기고 떠나야 하는 수몰민의 현실적 비애를 통해서 생명의 소중함으로 일깨우고 있다. 새들도 떠날 때는 자신의 깃털을 남기는데 인간은 그들이 살았던 생명의 터전을 흔적도 없이 사라지게 만들어버린다. 이러한 절망적 상황에서도 그는 절망에 빠지지 않는다. 생명의 터전이 빼앗기는 절망적 상황 속에서도 그는 생명의 노래를 부른다. 자연의 질서에 따르면, 죽음은 영원한 소멸로 가는 길이 아니다. 죽음은 다시 태어나는 생명을 위한 소멸일 뿐이다. 이 때문에 이 시의 화자는 돌아갈 수 없는 고향일지라도 언젠가는 돌아갈 수 있을 것이라고 말한다. 그는 한 많은 물방울이 되어 굽이굽이 흘러서 고향으로 돌아갈 것이라고 확신하고 있다.

원형적 상징에서 물은 생명을 상징하면서 동시에 죽음을 상징한다. 생명의 터전을 빼앗긴 수몰민들이지만, 언젠가는 자연의 흐름에 따라 그들의 고향으로 돌아갈 수 있을 것이라고 생각한다. 이 시는 물의 비애를 노래하고 있으면서도 죽음을 넘어서는 생명의식으로 나아가고 있다. 이러한 건강한 생명의식은 어디에서 연유하고 있는 것일까. 그것은 그의 등단작 「마왕의 잠」에 나타난 반생명성에 대한 저항의식에서 찾아볼 수 있다. 그의 저항의식은 죽음에 대한 저항이고, 억압된 것에 대한 저항이고, 폭력과 독재에 대한 저항이다. 초기 시의 대부분은 건강한 민중들의 삶이 투영되어 있다.

맨드라미의 하늘도 시들어
꽃피던 마을은 이제 처참하다
깨어진 자유처럼 풀씨 흩날리고
토종개들의 눈빛은
죽어서도 먼 바다를 머금고 있다
해안을 돌아온 아이들의 귀

재잘거리는 몇 개의 말미잘

잔잔한 어둠이 바다의 허공을 일렁이고

피로한 물풀의 잠아

너는 신의 발목을 안고 몸을 떤다

네 손바닥의 못자국을 뜯어내면

향나무숲으로 파고드는 햇살소리가 들리고

만상의 잠을 보채는 무형의 바람이 보였다

              —「魔王의 잠 1」 전문

 시「魔王의 잠」은 공포의 세상에 휘둘리는 현실을 상징적으로 보여주고 있다. "맨드라미의 하늘"도 시들었고, "꽃피던 마을"도 처참하게 무너진 현실 속에서 그는 과연 무엇을 보았던가. 그것은 무형의 바람이었다. 그는 그 무형의 바람을 어둠이 밀려오는 바다의 끝자락에서 만난다. 그러나 그는 그 어둠의 상황 속에서도 "향나무 숲으로 파고드는 햇살" 소리를 듣는다. 절망과 공포의 폭력 상황 속에서도 '고슴도치의 눈' 처럼 초롱초롱 빛을 내는 시인의 시선은 언젠가는 새로운 희망의 세계가 올 것이라는 확신으로 가득 차 있다.

 70년대 유신치하의 억압구조가 마왕이 통치하는 무서움의 시대였다면, 그는 그 무서움의 시대 뒤에 있는 새로운 희망의 세계를 보고 있는 것이다. 현실의 문제까지도 자연의 섭리로 받아들이는 건강한 생명의식은 등단작으로부터 최근의 시에까지 이어지고 있다. 물론 그것은 화법의 변화와 상황의 변화를 동반하고 있는 것이긴 하지만, 그의 시정신은 전통 서정시 세계관에서 한 걸음도 벗어나 있지 않다. 그는 세상의 곳곳을 다니면서 수많은 사물과 만나며, 그들에게서 생명의 소중한 의미를 발견한다. 자연과 감응하는 생태적 상상력은 그의 시가 지향하는 지평이라 할 수 있다.

그의 서정시는 전통시의 맥락에서 볼 때 자연주의 세계관과 닿아 있다. 그 자연주의는 전형적 서정시의 세계를 말한다. 그의 시는 현실에 대한 반성과 같은 시대성을 담아내기도 하지만, 근원적으로는 노장사상과 그 맥락을 같이하면서 동양적 형이상학의 세계를 보여주고 있다. 전통 서정시가 자연동화를 지향하고, 그것은 자연과 합일하려는 무위자연에 그 뿌리를 두고 있는 것은 이러한 이유 때문이다. 이동순의 시에서 노장사상은 자연을 넘어서 우주적 상상력과 결합하면서 새로운 생명의 발견으로 나아간다.


캄캄한 숲이었다
그 무성하던 초록도 어둠에 묻히고
숲의 얼굴은 일시에 털 숭숭 돋은 검은 짐승으로 바뀌었다
난 숲에 살아 있는 태고의 숨결이 두려워
한 걸음도 앞으로 나아갈 수 없었다
바람이 한차례 불어가고

누운 채로 숲이 한바탕 몸을 뒤척였다
바로 그때였을 것이다
밤하늘의 모든 별들 숲으로 내려와
일제히 눈빛을 반짝이기 시작한 시간은
나는 너무도 감격에 겨워
황홀한 별들의 눈을 오래오래 바라보고 있었다

―「반딧불이」 전문

　이 시는 어둠의 공간에서 만나는 신비로운 생명의 세계를 형상화하고 있다. 어둠의 공간은 죽음의 세계이고, 반생명의 세계이다. 그곳에는 신비로움과 두려움이 교차하고 있다. 숲은 "털 숭숭 돋은 검은 짐승"으로 변해간다. 그 어두운 공간에서 그는 근원적 고독과 두려움으로 오들오들 떨고 있다. 그 반생명의 공간에서 그는 또 다른 생명의 공간을 발견하고 있다. 우주와 같은 아득한 세계, 거대한 죽음의 세계가 가로놓여 있는 숲에서 그는 반딧불이의 불빛을 발견하는 것이다. 그 불빛은 세상의 어떤 불빛보다도 아름다운 불빛이다. 그것은 생명의 빛이고, 황홀한 축복의 빛이다. 거대한 어둠의 숲에서 두려움과 공포에 떨고 있을 때 그 공포를 벗어나게 하는 것은 작은 반딧불이의 불빛이었다. 그들은 어두운 숲에서 별처럼 빛나는 또 다른 생명들이었다. 그것은 죽음의 세계와 같은 곳에서 발견하는 위대한 생명들이다. 그는 세상의 작은 생명을 통해서 생명의 본질을 발

건하고 있는 것이다. 어둠을 두려워하는 생명들이 있다면, 그 어둠 속에서 빛을 발하는 또 다른 생명들이 있는 것이다. 이는 생명과 반생명성을 하나로 보는 우주적 상생 원리의 발견이라 말할 수 있다. 자연을 통해서 인간 존재의 근원을 탐색하고, 자연 속에서 진정한 인간 존재의 의미를 발견하고 있는 것이다. 그는 생명과 반생명성을 통섭하는 태도를 견지하고 있으며, 이는 무위자연의 인식을 넘어서 우주적 공간의 인식으로 나아가고 있는 것이다. 이러한 생태적 상상력은 그의 서정시가 지향하는 또 다른 세계관이라 할 수 있는 것이다.

봄이 되자 플라타너스는
단단한 자신의 가슴을 열어서
많고 많은 씨앗의 군단을 바람에 날려 보낸다

솜털 보송보송한 씨앗들은
산 넘고 개울 건너 우리가 상상도 못한 먼 곳까지
큰 뜻을 품고 날아가 뿌리를 박는다

가만히 생각해 보면
세상의 숲이란 숲은 모두 이렇게 해서 생겨난 것

이 수풀 속에서 오늘도 어린 싹은 자라고

숲을 거니는 사람들은 큰 나무 밑동 두 팔로 안아보며

감개무량한 얼굴로 세월을 더듬는다

　　　　　　　　　　　　　　　　—「숲의 정신」전문

　비교적 최근의 시들에서 발견할 수 있는 이러한 생태시들은 그의 시적 지향점이 어디로 향하고 있는지를 상징적으로 보여주고 있다. 이 시에서 '숲'은 자연의 질서를 말한다. 자연의 질서는 숲의 정신이라 할 수 있다. 그는 자연의 정신에서 끝없이 생명의 위대함을 발견하고, 그 생명의 원리를 깨닫고 있다. 생명의 정신을 발견하는 것은 그의 시가 지향하는 지평이라 할 수 있다. 그렇다고 그는 자연을 무작정 바라보는 관조의 자세를 취하고 있지는 않다. 그가 바라보는 자연은 생명에 대한 경외감을 깨닫는 대상이라 할 수 있다. 씨앗을 날리면서 숲은 새로운 생명을 만들어내듯이, 모든 것은 자연의 질서에 따라 생명이 만들어지고, 또 사라지게 되는 것이다. 그는 자연을 관조하고 즐기는 대상으로 보는 것이 아니라, 그 자연의 일부로 감응하면서 더불어 살아가는 생명의 공간으로 보고 있는 것이다.

　그의 시에서 유독 자유라는 말이 많이 사용되는 것도 이러한 생명의 사유체계를 바탕으로 하고 있기 때문이다. 자연과 동기감응하려는 마음이 있기 때문에 그는 갈 수 없는 땅을 두고 슬퍼하고, 별의 생애와도 같은 인간의 삶을 측은한 마음으로 바라보는 것이다. 이러한 생명의식을 통해

서 그는 인간 존재도 자연의 일부에 불과하다고 인식하게
된다.

자연과 하나가 되는 동기감응의 근원에는 생명에 대한
각성이 자리잡고 있다. 그 각성은 단순한 자연동화라는 관
점을 넘어서 자연과 감응하고 하나가 되려는 생태학적 상
상력으로 나아간다. 그의 시가 전통 서정시의 맥락을 넘어
서 생태주의 시의 우뚝한 자리를 차지할 수 있는 까닭도 이
러한 생명의식 때문이라 할 수 있다. 자연과 감응하고, 그
자연의 질서 속에서 참된 진리에 도달하는 길, 그것이 이동
순의 서정시가 지향하는 시적 세계관이다.

## 3. 겸허의 미덕

그의 시에서 화자는 끝없이 자신을 낮추고 있다. 대상을
높은 곳에서 관망하면, 그 대상을 둘러싼 세상을 넓게 볼 수
있지만, 그 대상의 본질을 보는 눈은 멀어진다. 그러나 대상
을 낮추어서 살펴보면, 그 대상을 둘러싼 작은 사물까지도
인식할 수 있다. 겸허함은 자신을 낮추는 행위에서 비롯하
는 덕목이다. 겸허한 태도로 세상을 바라보면 작은 사물까
지도 눈에 들어온다. 생명을 사랑하는 시선은 높은 곳에서
낮은 곳으로 시선을 두는 데서 시작하는 것이 아니라, 낮은
곳에서 더 낮은 곳으로 시선을 둠으로써 시작한다. 낮은 곳
에 시선을 두면, 동시에 더 높은 곳에 있는 사물까지도 바라

볼 수 있게 된다.

　노자는 자신을 낮추는 것은 자연의 섭리에 따른 행위라고 말한다. 자연의 섭리는 자신을 낮추는 겸허한 태도에 있다고 한다. 강과 바다는 자신을 끝없이 낮추기 때문에 온갖 시냇물의 왕이 될 수 있는 것이다. 사람들은 말뿐만 아니라 몸까지도 다른 사람에게 낮추어야 한다. 돈이 집에 가득하면 그것을 지킬 수 없고, 부귀하면서 교만한 사람은 스스로 허물을 남기게 된다. 공을 이루고 나면 몸은 스스로 물러나는 것이 하늘의 도리이다.

　이동순의 시는 이러한 노장적 사유체계를 바탕으로 생명을 인식한다. 낮은 곳을 지향하는 것은 하늘의 도리이고, 이는 또한 자연의 도리이기도 하다. 노장 사상의 중심이라 할 수 있는 겸허의 미덕은 이동순 시가 지향하는 정신세계이다. 자연의 도리에 순응하는 것은 전통 서정시의 태도라 할 수 있다. 그는 작은 대상들에 대한 사랑을 통해서 미처 깨닫지 못한 존재들에 대해서 자각을 하고, 그 자각은 거대한 자연의 한 생명으로서 자신을 깨닫는 과정으로 이어진다. 생명에 대한 자각은 자연의 이치에 따라 살아가겠다는 엄숙한 선언과도 같다. 그래서 그는 삶과 죽음의 경계를 지극히 자연스러운 이치로 받아들인다. 이 때문에 그에게 있어서 죽음이란 또 다른 생명이라는 인식으로 나아가는 것이다.


　이 땅에 먼저 살던 것들은 모두 죽어서

남아 있는 어린 것들을 제대로 살아 있게 한다
달리던 노루는 찬 기슭에 무릎을 꺾고
날새는 떨어져 그의 잠을 햇살에 말리운다
지렁이도 물 속에 녹아 떠내려가고
사람은 죽어서 바람 끝에 흩어지나니
아 얼마나 기다림에 설레이던 푸른 날들을
노루 날새 지렁이 사람들은 저 혼자 살다 가고
그의 꿈은 지금쯤 어느 풀잎에 가까이 닿아
가쁜 숨 가만히 쉬어가고 있을까
이 아침에 지어먹는 한 그릇 미음죽도
허공에 떠돌던 넋이 모여 이루어진 것이리라
이 땅에 먼저 살던 것들은 모두 죽어서
남아 있는 어린 것들을 제대로 살아 있게 한다
성난 목소리도 나직이 불러보던 이름들도
언젠가는 죽어서 땅위엣 것을 더욱 번성하게 한다
대자연에 두 발 딛고 밝은 지구를 걸어가며
죽음 곧 새로 태어남이란 귀한 진리를 얻었으니
하늘 아래 이 한 몸 더 바랄 게 무어 있으랴

　　　　　　　　　　　　　　—「序詩」 전문


　　이 시는 그의 생명의식과 시정신을 상징적으로 보여준
다. 이 세상에 살고 있는 모든 생명은 죽어서 땅위엣 것을
번성하게 한다. 이러한 인과론적 깨달음은 일찍이 그의 시

를 오도(悟道)의 경지에 이르게 한다. 그의 생명의식은 죽음과 부활이라는 소멸과 생성을 기반으로 하고 있다. 그래서 그는 "이 땅에 먼저 살던 것들은 모두 죽어서/남아 있는 어린 것들을 제대로 살아 있게 한다"고 말하고 있는 것이다. 그는 생명의 죽음과 부활을 통해서 우주를 보고 있는 것이다. 그에게 죽음은 새로운 부활이라는 인식을 바탕으로 하고 있다.

동양 철학에서는 오행의 첫 자리에 화(火)를 놓고 있다. '화'는 죽음과 소멸을 상징한다. 그러나 화는 영원한 죽음과 소멸을 말하는 것이 아니다. '화' 다음 자리는 수(水), 목(木), 금(金), 토(土)로 이어진다. 우주의 근간을 이루는 이 오행은 끝없는 순환 구조 속에 있다. '화'는 죽음, 소멸을 상징하지만, 그 다음의 '수'는 생명을 상징한다. 자연의 질서에서 죽음은 곧 생명을 위한 전제가 되는 것이다. 그것은 영원한 소멸이 아니라, 재생과 부활인 셈이다. 한 생명의 죽음은 또 다른 생명에게 자리를 내어주는 행위이다. 모든 우주만물의 이치가 이렇기 때문에 그는 "하늘 아래 이 한 몸 더 바랄" 것이 없는 것이다.

죽음에 대한 이러한 인식은 생명을 경외하고, 죽음을 엄숙하게 받아들이는 겸허한 자세로 나아간다. 겸허한 마음으로 세상을 바라보기 때문에 시적 화자는 대상과 감응하고, 그 대상을 사랑하는 마음이 발동하는 것이다. 대상과 감응한다는 것은 대상의 안과 안이 만나는 것이다. 심미적 관계에서 말할 때, 감응은 모든 대상과 무한한 연결망으로 이루어져 있으며, 그 대상들은 서로 감응하는 감응의 체계로 이어져 있다고 할 수 있다. 거대한 자연의 고리를 말하는 것이다. 죽음이 곧 생명이라는 깨달음은 그의 시가 궁극적으로 도달하고자 하는 정신적 경지라 할 수 있다. 자신의 자리를 대자연의 이치에 따라 자연스럽게 내놓을 수 있는 것은 끝없이 자신을 낮추려고 하는 겸허한 태도에서 우러난 행위라 할 수 있다.

쇠기러기 한 마리
잠시 앉았다 떠난 자리에 가보니
깃털 하나 떨어져 있다

보숭보숭한 깃털을 주워들고 나는 생각한다

내가 머물다 떠난 자리에는
이런 깃털조차 하나 없을 것이다

하기야 깃털 따위를 남겨놓은들
어느 누가 나의 깃털을 눈여겨보기나 하리
　　　　　　　　　　　　　　―「쇠기러기의 깃털」 전문

이 시는 겸허의 미덕을 무엇보다 잘 보여주고 있다. 쇠기러기 한 마리 머물다 떠난 자리에 남겨진 깃털을 들고 화자는 사색에 잠긴다. 쇠기러기는 깃털을 남기지만, 자신이 머물다 떠난 자리에는 깃털도 하나 없을 것이라고 생각한다. 이는 자신의 존재가 어떤 생명들보다도 우위에 있지 않다고 생각하는 것이다. 이것이 그의 시에서 발견할 수 있는 겸허의 미덕이다. 이러한 자각이야말로 시인의 정신주의를 집약적으로 보여주고 있다. 자신의 욕망을 버리고 자연으로 돌아가서 감응하는 것, 그것이야말로 겸허한 삶의 모습이 아니고 무엇이겠는가. 자신의 욕심을 채우기에 급급하고, 더 높은 곳으로 올라가기 위해 안달을 부리는 세상에서 자신의 삶을 돌아보면서 화자는 더 낮은 곳으로 시선을 두고 있는 것이다. 그는 욕망의 부질없음을 깨닫고 자신을 무욕의 자리에 옮겨놓고 있는 것이다.

시 「쇠기러기의 깃털」은 자연으로 돌아갈 수밖에 없는 인간 존재의 근원을 탐색하면서 겸허한 마음으로 자연과 감응하고 있는 깨달음의 경지를 보여준다. 자신의 자리에서 자신보다 낮은 대상을 응시하고, 관찰하고 감응함으로써 세상을 겸허하게 받아들이고 있다. 그의 시는 낮은 곳에 시선을 두고, 길과 길로 이어지고 있다. 그가 생각하는 겸허는 변하는 것은 변하는 것대로, 변하지 않는 것은 변하지 않는 것대로 받아들이면서 자연과 순응해가는 것이다. 그에게 있어서 길은 시이고, 그 길의 숱한 생명들은 시적 대상이 된다. 발은 땅을 딛고 있지만, 몸은 하늘을 향하고 있으며, 그의 정신은 우주를 향하고 있다. 그 공간으로 천천히 그는 발걸음을 떼어놓고 있다. 그 발길에 채이고 있는 수많은 사물들을 향해서 애정 어린 시선을 보내고, 그 생명들의 존재 방식을 기록해나갈 것이다. 앞으로 더 많은 사물들이 그의 우주적 상상력을 통해서 새로운 모습으로 우리에게 다가올 것이다.

내 열 달 때
돌아가신 나의 어머니는
어린 것이 곧 당신을 따라올 거라고 하셨다.
그런데 그 막내가
어느덧 한 갑자의 세월을 살았다.
살아서 시집을 열세 권이나 내고도 부족해서
그동안 이런저런 책을 오십 권이나 내고도 부족해서
또 시를 써서 새 시집 낼 생각을 한다.
또 원고를 써서 새 저서 낼 생각을 한다.
모든 것이 부질없는 일인 줄
내 뻔히 알건마는
다음 세상에 어머니를 만나서
내가 당신을 바로 뒤따르지 않았던 까닭을
시로써 보여 드리기 위해
내가 얼마나 사무치도록 당신을 그리워했던가를
책으로 보여 드리기 위해
나는 오늘도 시를 쓰고 글을 쓰는 것이다.

2010년 6월
이동순

| 작품 출전 |

序詩 / 내 눈을 당신에게 / 개밥풀 / 올챙이 / 瑞興金氏 內簡 / 相思花 / 쑥의 美學 / 그가 뿌리고 간 씨앗은 자라 / 待春賦 / 장날 / 魔王의 잠 1 (『개밥풀』, 창작과비평사, 1980)

두엄더미 / 無名草 / 베틀노래 / 두꺼비집 / 숯 / 필라멘트 / 염통을 보며 / 고향에 고향에 돌아와도 1 / 그리운 장승노래 / 아우라지 술집 / 물의 노래 1 (『물의노래』, 실천문학사, 1983)

따비 / 오줌장군 / 도리깨 / 돌확 / 똥바가지 / 낫 / 호미 (『지금 그리운 사람은』, 창작과비평사, 1986)

쇠기러기의 깃털 / 저 청산이 날더러 / 녹둔도 / 눈 오는 저녁 / 철조망 인간 / 가시관 / 봄비 (『철조망 조국』, 창작과비평사, 1991)

갈 수 없는 길 / 외가집 / 그 바보들은 더욱 바보가 되어간다 / 생각만 해도 신나는 꿈 (『그 바보들은 더욱 바보가 되어간다』, 문학과 지성사, 1992)

그대가 별이라면 / 별 하나 / 서리 친 아침 / 홍시 / 가을 저녁 / 새 / 꿈에 오신 그대 (『꿈에 오신 그대』, 문학동네, 1995)

별 / 풍경소리 / 봄의 설법 / 나무에 대하여 / 어머니 품 / 연분홍 편지 / 다랑쉬굴 / 이 강산 낙화유수 / 고죽리의 밤 / 허경행 씨의 이빨 내력 (『봄의 설법』, 창작과비평사, 1995)

양말 / 고로쇠 / 가시연꽃 / 얼음 / 발자국 / 내가 몰랐던 일 / 애장터를 지나며 / 아버님의 일기장 / 쓸쓸한 얼굴 (『가시연꽃』, 창작과비평사, 1999)

圖們에서 / 루쉰 묘에서 / 울릉도 / 기차는 달린다 / 북간도 명동촌에서 / 개나리 처녀 (『기차는 달린다』, 만인사, 2001)

별의 생애 / 외로운 나무 / 숲의 정신 / 반딧불이 / 아름다운 순간 / 쥐구멍 / 굴다리 벽화 / 늙은 나무를 보다 / 아름다운 광경 (『아름다운 순간』, 문학사상사, 2002)

쌀국수 / 미스 사이공 / 고엽제 1 / 라이따이한 1 (『미스사이공』, 랜덤하우스중앙, 2005)

낙타 / 황사 / 누란 / 노새 / 누란을 마시다 / 서역 / 풍장 (『마음의 사막』, 문학동네, 2005)

노을 / 저녁의 평화 / 들판 / 저 들판은 누가 차지하는가 / 망아지 / 발견의 기쁨 / 고슴도치 / 동승童僧 (『발견의 기쁨』, 시학, 2009)

## 최영철

1956년 경남 창녕에서 태어나 부산에서 성장했다. 1984년 무크지 『지평』에 시를 발표하고 1986년 〈한국일보〉 신춘문예에 시가 당선되면서 작품 활동을 시작했다. 시집으로 『일광욕하는 가구』『그림자 호수』『호루라기』등 여러 권, 산문집으로 『동백꽃, 붉고 시린 눈물』 등 여러 권을 냈다. 2000년에 발간된 다섯 번째 시집 『일광욕하는 가구』로 제2회 백석문학상을 받았는데 백석을 본격적으로 재조명한 분이 이동순 선생이라는 점에서 그들의 인연은 각별해 보인다. 최영철 시인은 20대 습작 시절 이동순 선생의 시를 즐겨 읽으며 현실 인식을 키웠다고 한다.

## 김경복

부산대학교 국문과 및 동대학원을 졸업(문학박사)하고 1991년 〈부산일보〉 신춘문예 및 계간 『문학과비평』 평론으로 등단했다. 저서로는 『풍경의 시학』, 『서정의 귀환』, 『생태시와 넋의 언어』, 『시의 운명과 혼의 형식』, 『한국 아나키즘시와 생태학적 유토피아 』, 『한국 현대시의 구조와 의식비평』 등이 있다. 현재 시전문계간지 『신생』과 『시에』 편집위원이며 경남대학교 국어교육과 교수로 재직 중이다. 이동순 선생과의 인연은 대학 문학청년 시절 시집 『개밥풀』 등을 보며 시심과 사회인식을 키웠다고 한다.

## 황선열

경남 창녕에서 출생하여 대구에서 성장했다. 영남대학교 대학원에서 문학박사 학위를 받았다. 1997년 〈매일신문〉 신춘문예에 문학평론이 당선되면서 문학활동을 시작했다. 편저로 『권환전집』이 있고, 평론집으로 『경계의 언어』 외 여러 권이 있다. 현재 『신생』 편집위원, 『푸른글터』 편집주간, 『작가와사회』 편집주간으로 일하고 있다. 이동순 시인과는 학문과 문학적 인연으로 만났다. 이동순 시인과는 대학원 지도교수로 만나서 오랜 인연을 쌓아가고 있다. 『권환 시전집』을 공편했으며, 잊힌 가요를 발굴하면서 꾸준히 학문적 인연을 맺어가고 있다.

산지니 시선 01

# 숲의 정신 이동순 시선집

**초판 1쇄 펴낸날** 2010년 6월 28일

**지은이** 이동순
**엮은이** 최영철 · 김경복 · 황선열
**펴낸이** 강수걸
**펴낸곳** 산지니
**등록** 2005년 2월 7일 제14-49호
**주소** 부산광역시 연제구 거제1동 1493-2 효정빌딩 601호
**전화** 051-504-7070 | **팩스** 051-507-7543
sanzini@sanzinibook.com
www.sanzinibook.com

값 10,000원